Friedrich Karl von Eggeling

Wir jagen
mit Vergnügen...

Illustriert
von Walther Niedl

NEUMANN-NEUDAMM
Verlag für Jagd und Natur

Bildnachweis: Die Zeichnungen stammen von Walther Niedl,
die Rechte liegen beim Verlag.
Titelbild: E. Marek, Villingen-Schwenningen

Die Deutsche Bibliothek – CIP-Einheitsaufnahme

Eggeling, Friedrich Karl von:
Wir jagen mit Vergnügen.../Friedrich Karl von Eggeling.
[Die Zeichnungen stammen von Walther Niedl]. Melsungen:
Neumann-Neudamm, 1997
    ISBN 3-7888-0703-2
NE: Eggeling, Friedrich Karl von: [Sammlung]

© 1997 Verlag J. Neumann-Neudamm GmbH & CO. KG
Kesselberg 25
34212 Melsungen

Druck: Grindeldruck, Hamburg
Buchbinderei: Büge, Celle

Inhalt

„Blutt, viel Blutt"

Vater Bormann, genannt „der Burmpauer" oder auch nur kurz „der Husar" – weil er bei dieser Truppe gedient hatte – lebte einschichtig und verwitwet in einem Austräglerhäuschen am Waldrand des weithin berühmten Pfarrbusches, dessen Orchideenreichtum die Botaniker wie die Fliegen anzog. Dies nun wieder tat den Orchideen gar nicht gut, denn ihr reichliches Vorkommen sprach sich nur zu schnell herum, was leider zur Folge hatte, daß so manch Unberufener sich mit Spaten oder Hacke auf den Weg machte, um sich ein oder gleich mehrere dieser seltenen Blumen für Garten und sicheren Tod zu holen.

Vater Bormann sah dies absolut nicht gern, oft lag er tagelang, vor allem dann, wenn im Juni die Pflanzen blühten, auf der Lauer. Bewaffnet war er mit einer Forke, um die Frevler mit deren Hilfe, unterstützt von weithin hallenden Flüchen, die ihm vom Kasernenhofe her geläufig waren, in die Flucht zu schlagen.

Dieses Postenfassen an der Fliederhecke seines Gehöftes oder im Schutze des freistehenden „Häusel", dessen in die Tür geschnittenes Herz deutlich seinen Zweck anzeigte, hatte für mich den riesigen Vorteil, daß er von dieser Deckung aus auch so manches Stück Wild sah, das mir verborgen geblieben war und das nur selten aus dem urwaldähnlichen Gewirr des Waldes mit seinen hopfenumsponnenen Bäumen heraustrat.

Es geschah dann eines Morgens, als ich von ihm die Jahrespacht einholte, die in einem Kilo Frühjahrshonig bestand – glückliche Zeiten der Naturalentlohnung. Er sagte mir flüsternd, daß fast an jedem Tage kurz vor Sonnenaufgang ein unglaublich fetter Rehbock aus dem Walde käme, um durch die Fliederhecke in seinen Garten zu kriechen, in dem ihm als erstes die Kohlrabi, als nächstes der Salat zum Opfer gefallen seien. So ginge das nicht weiter, der Schaden sei nicht mehr abzusehen und fetter könnte der Bock nicht mehr werden. Er gehöre weg, ganz einfach weg. Er, der Burmpauer, sei ein armer und alter Mann, die Kohlrabi – Oberkohlrabi sagte man in Schlesien – habe er nun schon dreimal nachgesetzt, er wäre am Ende seiner Geduld und auch seines Geldbeutels.

Aha, ein Drama schien vorprogrammiert, denn wenn der Bormann wütend wurde – und das war ortsbekannt – dann war mit ihm nicht zu spaßen. Er würde sich beim Schulzen maßlos betrinken, um dann über den Burggraben hinweg meinen Vater mit bösen Worten zu belegen, der dann auch nicht auf den Mund gefallen zu sein pflegte.

„Ja, ja," sagte ich, „der Bock muß weg, aber was hat er denn für ein Geweih?" Das aber war dem Husaren völlig gleichgültig, seine Antwort ging ins Ungewisse, nur eines war sonnenklar: Ein so fetter Bock sei immer ein guter Bock, basta, sela, punktum.

Die weiteren Vorbereitungen zur Erlegung des Bockes waren umständlich und in höchstem Maße ungewöhnlich. Da sich im Hause und dessen kleinen Stallanbau mit Ziege und fettem Schwein durchaus kein Platz finden ließ, an dem man mit einiger Aussicht auf Garten und Fliederhecke Posten fassen konnte, blieb nur das ominöse

6

„Häusel" für diesen Zweck übrig. Dies allerdings in fast perfekter Form. Wir hatten lediglich ein Querbrett an der Hinterwand des Bauwerks zu entfernen, wobei es der richtigen Auswahl wegen nötig war, daß ich mich auf den holzgriffbewehrten Deckel des Plumpsklos hinknieen mußte und mit hartem Knöchel an das richtige Brett zu klopfen hatte, damit der Borm von außen auch die richtige Höhe erfaßte, um dann mit einem Beil das fragliche Brett zu lösen. Nachdem all dies zur allseitigen Zufriedenheit getan war, wurde nur noch mit Hilfe eines gewehrlangen Steckens der Anschlag geübt, mit einem alten Scheuerlappen eine Auflage befestigt und ein Sack neben die, na ja, Brille gelegt, auf dem ich der zu erwartenden langen Ansitzzeit wegen – Ankniezeit wäre besser – mich postieren konnte.

Am Ende dieser Taten angekommen, verschwand der Borm in seinem Hause, erschien nach kurzer Zeit mit einer staubigen Flasche und einem sehr schmutzigen Glase, in das er reichlich einschenkte und meinte, daß dies Zielwasser, ein selbstgebrannter Honigschnaps, mir zum Erfolg und dem fetten Bock zum wohlverdienten Ende helfen müßten. Mit Todesverachtung trank ich das Gebräu, das gar nicht so schlecht war, der Borm bediente sich selbst anschließend ausgiebig, und ich wurde mit allen Segenswünschen entlassen. Nicht ohne die eindringliche Ermahnung, am kommenden Morgen nicht zu verschlafen und pünktlich vor erstem Licht auf meinem Posten zu sein. Er, der Borm, würde sich im Finstern anziehen und hinter der Haustür auf den Schuß warten, um mir dann bei der Bergung des Bockes zu helfen.

Am nächsten Morgen, noch vor drei Uhr, war ich mit meinem Fahrrad zur Stelle, ohne Licht versteht sich, und die letzten paar hundert Meter geschoben, damit nichts klapperte, lehnte den Drahtesel an den Gartenzaun und schlüpfte in die vorsorglich offengelassene Tür des Häusel. Ich kniete mich auf den sackgepolsterten Deckel, die alte Mannlicherin (6,5x54) senkrecht neben mich gestellt.

In der Fliederhecke sang die Nachtigall, im Walde die Drosseln, im Efeu an der Hauswand tschilpten die Spatzen. Langsam kam der Tag heran und mit ihm das Büchsenlicht, das aus dem Grau der Nacht und des erwachenden Morgen eine Farbe nach der anderen herauslockte – zartgrün der Flieder, rosa überhaucht die Spitzen der Kiefern und Fichten und wie Silber die eben aufbrechenden Blüten der Linden. Aber um ganz ehrlich zu sein, so arg viel Sinn hatte ich für diesen Frühsommermorgen nicht, dafür taten mir meine armen Knie viel zu weh. Der Sack war halt doch nicht ein Dauerpolster, und die Minuten wurden zu Ewigkeiten. Aber dann teilten sich plötzlich die Zweige der Hecke und der tief braunrote Bock trat sichernd in den Garten, äugte in die Runde, fand nichts, was seinen Verdacht erregen könnte und zog schnurstracks zu den Erdbeeren hin, die so in gut 20 bis 30 Meter Entfernung von mir an der Sonnseite der Beete standen. Ich brauchte kein Glas und keinen zweiten, vergewissernden Blick, um zu erkennen, daß der Bock reif war und alt mit nach hinten gebogenen Stangen ohne Vordersproß, aber mit dicken Perlen von oben bis unten und großen, flachen Rosen.

Auch für einen sechzehnjährigen Jungen, der ich war, schußhitzig natürlich in diesem Alter und fürchterlich aufgeregt, war der Schuß ein』 einfache Sache. Mit tiefem Haupte stürmte der Bock durch die Hecke und war verschwunden.

Aber der Knall und Widerhall von den Hartbergen war noch nicht verklungen, als schon der Borm in für sein Alter erstaunlichem Galopp um die Hausecke gestürmt kam, ein langes Küchenmesser in der Hand, im Rennen schon rufend: „Na, Friedel, haste ihn; wo liegt er denn?!" Und als ich ihm, mir die arg schmerzenden Knie reibend, langatmig alle besonderen Umstände erklären wollte, dummerweise aber mit dem Erdbeerbeet anfing, raste er auch schon messerschwingend dorthin, ließ sich auch nicht aufhalten, schrie vor Jagdfieber und Glück „Blutt, viel Blutt, und da und da" – und kroch in unglaublicher Geschwindigkeit in und durch die Hecke und war dahinter verschwunden, ehe ich noch hätte Papp sagen können.

Was blieb mir schon übrig, als mich mit dem Stutzen in der Hand auch durch die Hecke zu zwängen, wo ich ihn dann noch so eben auf allen Vieren kriechend im Walde verschwinden sah. Bis dahin aber kam ich nicht mehr, denn noch aus dem Trauf der Fichten kam ein Jubelschrei: „Ich hab'n, ich hab'n." Und die Büsche brachen, es erschien das blaudrillichne Hinterteil des Borm, die gleichfalls drillichne Joppe auf gekrümmten Rücken, der silberhaarumkränzte Kopf, die Arme und auf den Armen wie ein Wiegenkind der Bock, Läufe nach oben, Kopf nach unten hängend.

Fast zärtlich und unendlich sorgsam legte er seine Last vor mir auf das Rasenstück, das den Nutzgarten vom Obstgarten trennte, strich dem Bock über die braune Decke, sagte ganz versonnen: „A schiener Buck ist doas, a schiener Buck!" Und dann mit einem sichtbaren Ruck im Kreuz: „Ober a Teifel ist er oach, a verfressener! Su a Lump der, und frißt mir meene Ardbiern." Und nach noch einem starken Ruck: „Gutt hoste doas gemacht, Friedel, a gutter Schuß war doas" und nach einer Pause mit schräg gehaltenem Kopf und listigem Blick: „Und noaher, wos krieg noa iich fer meen Schoaden eim Gorten?" Und wartete unbewegt und festen Blickes auf meine in der Freude des Erfolges ganz gewiß günstige

Antwort. „Einen fetten Schlegel, Borm, und die Leber, aber die braten wir gleich zum Frühstück."

Frische Rehleber mit viel gebratener Zwiebel und dazu den süßem Honigschnaps, der Bock vor uns auf dem Rasen neben dem Tisch unter der Linde, und in der Hecke schluchzte die Nachtigall bis in den hellen Morgen – oh Zeit, herrliche Zeit, oh Glück der süßen Erinnerung!

Frontschweine

Gestern war die Front ganz ruhig gewesen, es hatte sich sogar ein Kriegsberichterstatter zu mir gewagt und mit einem riesengroßen Teleobjektiv die amerikanischen Panzer und einzelne Soldaten in ihren Fuchslöchern fotografiert. Heute Nacht war dann die Hölle los, einige Kilometer südlich von meiner Kompanie war ganz offensichtlich ein Durchbruch geplant, die Artillerie schoß aus hunderten von Rohren ihr Trommelfeuer auf einen eng begrenzten Raum.

Irgendwann in den frühen Morgenstunden bei meiner Wache im Panzerturm raschelte und rauschte es vor und unter mir im Weinberg, der sich zur Saar hinunterzieht. Ich griff nach der Maschinenpistole, legte sie aber gleich wieder weg, denn was da rauschte und raschelte, war eine Rotte Überläufer, die aus gutem Grunde einen Stellungswechsel vornahm und sich aller Voraussicht nach in einer der Fichtendickungen hinter meiner Stellung stecken würde.

Das Jagdfieber begann zu lodern! Ich weckte meinen Ladeschützen, der auf Grund jahrelanger Erfahrung als Wilderer im Ratiborschen Walde besser als ein Schweißhund einer Fährte folgen konnte. Ich erklärte ihm die Lage, weckte dann den Richtschützen, der mich im Turm vertreten sollte, nahm mein Scharfschützengewehr mit vierfachem Glase, und dachte an nichts als: JAGD!

13

Die Rotte Überläufer war noch keine 200 Meter weit gekommen, als wir uns auf ihre Fährte setzten. Tau war gefallen, es war windstill, man konnte weithin hören, sogar durch den Lärm der Artillerie hindurch. Man konnte klar und deutlich den kräftigen Geruch der Sauen riechen, den sie in Farn und Gras und Brombeeren hinterlassen hatten und der dick in der Luft stand. Im Hochwalde war es auch hell genug, um Büchsenlicht zu haben. Dort, wo es dichter wurde und erst recht in den Dickungen aus Fichten und Buchen kämpfte noch die Nacht mit dem Morgen.

Focks, der Ladeschütze, suchte mit tiefer Nase, schnüffelte, richtete sich auf, drehte sich zu mir, grinsend, nickte, bückte sich wieder, wurde mal schnell, mal langsam, pirschte wie ich so lautlos wie möglich. Die Suche endete vor einer Dickung. „Bleib' hier, Leutnant, ich umschlage das Zeug, und wenn sie nicht raus sind auf der anderen Seite, dann drücke ich durch, sie sollten dann auf dem Einwechsel kommen." „Gut, mach' los, ich warte."

Die Zeit vergeht, die Artillerie wummert, Panzerschüsse knallen hell dazwischen, Infanteriefeuer rattert, an was denke ich: JAGD, nichts als JAGEN! Vor mir am Dikkungsrand ist eine Bewegung, ein Zweig biegt sich zur Seite, dahinter wird es schwarz, die erste Sau kommt heraus, zunächst spitz zu mir, dann dreht sie zur Seite. Eine zweite Sau erscheint, schwarze Kugeln vor schon grün schimmerndem Wald, das Licht reicht. Im Hochfahren der Waffe noch der Gedanke: Du mußt die Sau aufs Haupt schießen, sonst liegt sie nie mit dem Vollmantelgeschoß. Es gelingt, im Knall fällt sie zusammen, die andere und noch eine flüchten schräg fort von mir, ich

habe längst durchgeladen, fahre in der Bewegung mit, fasse die letzte der beiden Sauen kurz hinter dem Blatt, nach dem Schuß bricht sie zur Seite weg, hin zur Dikkung, verschwindet.

Nach kurzer Zeit kommt Focks angekrochen. „Hast du was gekriegt, Leutnant?" „Ja du, eine liegt gleich neben dir, die andere müssen wir suchen, sie wird nicht weit sein." Den Anschuß finden wir leicht im Tau der Gräser. „Blut!" sagt Focks, und „da ist sie hinein." Wir gehen beide in die Knie, kriechen auf der Wundfährte, Nase am Boden, Augen in den tiefen Fichtenzweigen, auf denen immer wieder Schweiß abgestrichen ist. Dann rumpelt es plötzlich rechts von uns, kommt wie eine Dampfwalze auf uns zu, ich kann mich in dem dicken Zeug nicht drehen, geschweige denn die Waffe in Position bringen. Dann liege ich plötzlich auf dem Rücken, die Sau steht auf mir, ich habe Borsten im Mund, sehe nichts, höre die Sau schnarchen, nein schreien, dazwischen ein „Hah" oder „Hoh" von mir oder dem Focks, dann einen Knall unmittelbar über mir. Ich sehe wieder, die Borsten sind weg, neben mir liegt die Sau maustot, vom Focks mit der 38er ins Hirn getroffen. Ich rappele mich auf, wir grinsen uns an, sagen gar nichts, schleppen den Überläufer zu dem anderen, fangen mit dem Aufbrechen an.

„Herr Leutnant" schreit es im Wald, „Herr Leutnant, wo sind Sie denn?" Wir hupen den Funker heran, der noch neu ist und nicht des gegenseitigen Du würdig. „Was'n los?" frage ich und die Antwort ruft mich wieder in den Krieg zurück. „Seit einer Stunde funkt uns der Divisionskommandeur an, Herr Leutnant, wir sollen so schnell wie möglich ins Kampfgebiet verlegen." „Na schön",

brumme ich, „und was haben Sie ihm gesagt?" „Ja, daß Sie auf Saujagd sind, Herr Leutnant, und daß ich Sie nicht finden kann."

„Rindsvieh," sage ich nur und renne zu meinen Panzern zurück, setze mich an den Funk, kriege den Chef, den Guten, auch gleich zu fassen, und was ich da zu hören kriege, das geht auf keine Kuhhaut und ist weit jenseits aller Kommentfähigkeit. Recht geschieht's mir! Wie ein begossener Pudel sammele ich meine Kommandanten, gebe Marschbefehl und nötigste Aufklärung, wir packen noch schnell die Sauen hinten zwischen die Entlüfter meines Panther, fahren los, hinein in die Panzerschlacht.

Unterwegs, irgendwo zwischen zwei der fast ununterbrochenen Jaboangriffe, überholt mich ein Kradmelder, gibt Zeichen zum Halten, reicht mir einen Zettel im Umschlag: „Eggi, Weidmannsheil und jägermäßig benehmen – Wietersheim." Und drunter mit der Hand geschrieben: „Komm heil zurück, mein Junge – Onkel Wendt." Guter, lieber Chef und Patenonkel, hat den Anpfiff schon vergessen, macht uns Mut. Und in die Funkstille, die ich befohlen hatte, rufe ich an meine Leute: „Der Chef wünscht uns allen Weidmannsheil und daß wir heil zurückkommen!"

Und ich denke nichts als: KRIEG!

Ahnungen

Das Panzerbataillon liegt als Gefechtsreserve etwas rückwärts gestaffelt zwischen zwei rumänischen Divisionen am Dnjestr. Sobald die Russen versuchen werden, einen Brückenkopf zu bilden, sollen wir eingesetzt werden. Noch ist alles ruhig. Ich besuche die einzelnen, verstreut stehenden Kompanien, bringe Post, Zigaretten, Antonescu-Spende, diese seltsame Zusammenstellung von Schlemmereien, die im rumänischen Heer nur die Offiziere erhalten – kein Wunder, daß die Soldaten nicht kämpfen wollen. Ich habe viel Zeit, für einen Adjutanten viel zu viel Zeit.

Als ich an einem Morgen von der am entferntesten liegenden Kompanie mit dem Krad zurückkomme, sehe ich am Waldrand, diesem Auwaldrand, der sich am Dnjestr entlangzieht, einen roten Fleck, drehe die Maschine in seine Richtung, komme nahe genug heran, sehe: Reh, und mit dem zweiten Blick: Bock! Und schon springt er ab, verschwindet im Dschungel.

Am Abend sitze ich dort an, werde von den Mücken gefressen, sehe Blauracken, den Pirol, den Eleonorenfalken. Als die Sonne untergeht, fangen die Nachtigallen zu singen an, tausende, wie die Spatzen daheim. Und die Mücken bringen mich um. Vom Bock sehe ich nichts.

Vor Tau und Tag, schon um drei Uhr früh, sitze ich wieder am Waldrand, und die Nachtigallen singen, der Pirol flötet, Drosseln schmettern ihre Lieder, mit dem Tag kommen die Mücken, Trilliarden. Ich sehe kein einziges

17

Reh. Dies Schauspiel wiederholt sich, mehrfach, oft, an gewiß vier oder fünf Morgenden und Abenden. Ich werde zum Gespött des Stabes: „Seht nur, da kommt der große Jäger, der sich lieber von den Mücken stechen läßt, als mit uns einen anständigen Doppelkopf zu spielen!"

Ich bin kein guter Doppelkopfspieler, ich bin vielmehr Bargeld für die anderen, so schlecht spiele ich. Also grinse ich nur und denke, daß sie nur denken sollen, was sie wollen, einmal und unverhofft kommt mir der Bock. Aber offenbar nicht am Waldrand, ich muß rein in den Wald, irgendwo wird ein Weg oder Pfad oder was auch immer sein und vielleicht eine Waldwiese drinnen, jetzt Anfang Mai noch nicht zu hoch bewachsen.

Mit dem Krad fahre ich den Waldrand ab, finde auch einen Steig, fuhrwerksbreit, markiere mir die Stelle mit einem belaubten Ast, daß ich sie morgen früh in der Dämmerung wiederfinde. Ich spare mir den Abendansitz, spiele den ungeliebten Doppelkopf: Soldatenlos in der Ruhestellung.

Die Nacht ist sehr kurz, um halb drei schiebe ich mein Motorrad aus der Hörweite des Chefs, trete es an, fahre ohne Licht der Flieger wegen bis kurz vor den Waldrand. Ich schiebe das Krad in eine Hecke, pirsche bis zu dem Ast am Beginn des Weges, und warte auf Büchsenlicht.

Es kommt mit den Mücken in einem zart schmelzenden, schluchzenden Furioso der Nachtigallen. Ganz langsam schiebe ich mich den Fahrweg voran, das taunasse Gras dämpft meine Schritte. Das ist eine Pirsche mit Augen und Ohren, mehr mit den Ohren eigentlich, denn außer dem Weg, der sich in Schlangenlinien um feuchte, mit Schilf bewachsene Senken windet, sehe ich an kaum einer Stelle auch nur einen einzigen Meter in diese Wildnis aus Nesseln und Ranken, aus wildem Wein und wildem Hopfen, aus Weiden und Eschen und Erlen. Ich „stehe" Pirschen, lausche, ob ein Ast rauscht, ob Wasser plantscht, ob ein Vogel warnt. Aber außer dem fast unerträglichen Sirren der Mücken und dem mit dem Tage schwächer werdenden Vogelsang ist nichts zu hören. Meter für Meter schiebe ich mich voran, weit, tief hinein in den Wald, ich weiß nicht wie weit, ich weiß auch nicht, wieviel Zeit vergangen ist. Die Sonne verbirgt sich in den Baumkronen und das Sirren und Stechen der Mücken ist eine schlechte Uhr.

Dann ist vor mir, dort wo der Weg eine scharfe Biegung um ein Wasserloch macht, eine Bewegung. Ein Bäumchen wackelt, Laub fliegt umher, ich höre, wie der Bock fegt und plätzt. Ganz nah ist es, keinen halben Steinwurf weit, und ich sinke in die Knie, setze mich, lege die Ellenbogen auf die Oberschenkel, Büchslauf in Richtung des Bockes, sehe am Fernrohr vorbei bis es vor mir einen Rumpler tut und der Bock brettelbreit mitten auf dem Wege steht, argwöhnisch, von einem Windhauch von mir getroffen. Der Schuß ist kinderleicht, eine Flucht, eine einzige nur, und das Stück liegt am Wegrand: Guter Bock, sehr guter Bock, spannenlang die Stangen, geperlt bis fast in die Enden, Dachrosen, alt. Mein bester Bock.

Beim Aufbrechen kommen die Mücken, vom Schweiß gelockt. Sie setzen sich auf und in den Bock, auf meine Hände, die grau sind von diesen Viechern, ins Gesicht, die Augen, die Ohren. Schnell, nur schnell fertig werden und nichts wie heim!

„Guten Tag", sagt es hinter mir und ich fahre herum, die Hand zur weggelegten Waffe gestreckt. Aber ich hätte keine Zeit gehabt für Wehr und Gegenwehr, der da hinter mir stand, lautlos angeschlichen, wäre allemal schneller gewesen.

„Guten Tag", sagt er noch einmal und ich starre ihn an mit schreckgeweiteten Augen. Ein großer Mann, so um die 60 Jahre alt, grauhaarig, aufrecht. Die Füße in Opanken, die Hose aus blauer Baumwolle, ein hochgeschlossenes Hemd mit Stickereien am Kragen, all das erfasse ich mit einem Blick, erfasse auch, daß er lächelt, spöttisch lächelt. Ich sehe auch seine Hand, die Rechte, im Bund der Hose, in dem ein langes Messer steckt. Ich bin wehrlos. Also sage ich: „Guten Tag", und sehe ihn an. Sein Blick ist in meinem, dann löst er sich aus meinen Augen, geht zum Bock. Mit zwei, drei Schritten ist der Mann bei dem Reh, bückt sich nieder, wehrlos jetzt er, ganz sicher anscheinend, daß ich nichts tun werde. Er hebt dem Bock das Haupt, betrachtet lange die Stangen, tastet über die Perlen, mißt mit Daumen und Zeigefinger die Breite der Rosen, nickt, und wendet sich zu mir her: „Weidmannsheil, Herr Offizier, ein guter Bock."

Und sein Deutsch ist fast so gut wie meines, ein wenig härter nur, romanisch gefärbt. „Weidmannsdank", sage ich ganz mechanisch und: „Wer sind Sie?" Aber der Mann schüttelt lächelnd den Kopf, geht einige Schritte den Weg entlang, findet, was er sucht, einen kleinen Zweig einer Eiche, zieht ihn dem Bock durch den Schweiß, kommt zu mir, der ich noch immer kniee, reicht mir den Zweig, sagt noch einmal: „Weidmannsheil, Herr Offizier!" Und ich sage wieder „Weidmannsdank!", stehe auf und stecke mir den Bruch an die Panzermütze. Meine Waffe liegt am Boden, gleichweit von uns beiden entfernt. Dann tritt der Mann einige Schritte zurück, hebt grüßend die Hand bis zur Stirn, redet wie träumend: „Ihnen wird dieser Wald nie gehören und mir bald auch nicht mehr." Und dann mit härterer Stimme: „Aber ich

schenke Ihnen diesen Bock und wenn Sie wieder zu
Hause sind, beten Sie für mich, wenn Sie beten können.
Beten Sie für meine Seele, denn bis dahin haben mich die
Russen erschlagen." Dann streckt er sich, gibt sich einen
Ruck, wischt sich ganz kurz über die Augen, befiehlt mit
kommandogewöhnter Stimme: „Drehen Sie sich um und
warten Sie eine Minute!" Ich höre ein wenig das Gras
rauschen, bis sein Rauschen vom Lied der Mücken ver-
schlungen wird, mache kehrt – und vor mir ist nichts als
der leere Weg und der rote Bock. Habe ich nur geträumt
in der Glut des Vormittags? Und ich schleiche mich davon, den Bock über der Schulter, und eine erste Ahnung
faßt mich vom eigenem, bald erlebtem Geschick.

Mit Strategie und Taktik

Das Bornbruch zieht sich in einer Länge von mehr als einem Kilometer und einer Breite von etwa 200 Metern beidseits des Bornbaches, einem trägen Gewässerlein, entlang. Das Bruch ist mit Erlen bewachsen, die sich mühsam gegen das Schilf durchgesetzt haben. Auf einigen trockeneren Köpfchen sind Fichten angeflogen, die wie Bonsai aussehen, so sehr sind sie vom Rotwild verbissen. Im Frühjahr ist dort ein guter Schnepfenstrich, und wenn man auf dem Knüppeldamme, der an der schmalsten Stelle das Bruch quert, an guten Abenden anstand, so sah man ganz gewiß an die 10 bis 15 Schnepfen, und wenn man gut und schnell schießen konnte, so mochte die Abendstrecke bis zu fünf Langschnäbel betragen. Im Herbst stecken sich die Sauen unter den Fichten, sie haben es von dort nicht weit in die Äcker mit Mais und Kartoffeln.

Adolf und ich saßen einmal auf den beiden Leitern am Knüppeldamm an, mir kam die Rotte zuerst, ich schoß einen Überläufer, der Rest machte kehrt, kam dem Freunde. Der schoß auch eine Sau, mit dem Erfolg, daß die übrigen wiederum kehrt machten, mir zum zweiten Male kamen und ich noch einmal erfolgreich zu Schuß kam.

Außer den Sauen gibt es im Bruch noch ein paar Rehe, die so heimlich sind, daß sie den Alterstod sterben und schließlich, das ist die Hauptsache, steht in jeder Feistzeit dort ein alter Hirsch. Oft allein, manchmal mit einem

Adjutanten. In dem Jahr, von dem ich erzählen will, war er allein.

Ich hatte ihn gegen Mitte Juli nur ein einziges Mal gesehen, als ich vom vergeblichen Ansitz auf den Bock zum Auto zurückging. Da stand er auf dem Wege, der vom Bruch in die Felder führt, wannenbreit vor meinem Wagen, den er mißbilligend betrachtete. Es war schon fast stockdunkel, erkennen konnte ich nur, daß es ein Hirsch mit gewaltigem Gebäude war und wenig auf dem Kopf, wahrscheinlich einer der letzten „Heideböcke" mit fahlgelber Farbe und Stangen, die es selten über den Eissprossenzehner hinaus brachten. Heute gibt es diesen Typ nicht mehr.

Ich ließ den Hirsch in den nächsten 14 Tagen in Ruhe, mied das Bruch überhaupt, aber machte mir meine Gedanken. Die waren schwierigster Natur, denn der Hirsch hatte tausend Möglichkeiten, von seinem Einstande aus das Feld mit seinem saftigen Hafer zu erreichen, denn daß er dorthin zog, verriet seine vierfingerbreite Fährte im Ackerboden. Aber er kam nur in finsterster Nacht und hatte sich dann nach kurzer Zeit schon so vollgeäst, daß er lange vor Tag wieder in das Bruch zurückgezogen war.

Aber – so dachte ich –, solch ein Tag ist auch für einen Hirsch schrecklich lang, von früh um fünf bis abends um neun. Gegen Mittag, wenn er verdaut hat, wird er einen kleinen Hunger kriegen und im Einstand umherziehen, und am Abend, wenn es anfängt zu dämmern und die Mücken quälen, oder wenn ein Regen gefallen ist, dann wird er auch nicht im Bette sitzen bleiben.

24

Es hieß also als allererstes, seinen genauen Einstand im Bruche herauszufinden. Das war leicht, vom Hochsitz am Knüppeldamme konnte ich nach rechts und links auf weite Entfernung so ziemlich jeden Ast knacken hören, es mußte nur windstill sein. Äste lagen nämlich im Bruch genug herum vom Einschlage der Alterlen vor sieben oder acht Jahren. Äste, die jetzt so richtig schön morsch sein mußten und halb im Schilf verborgen, und manche storre Krone könnte zur Zeit gut dafür dienen, daß der Hirsch sein Geweih verschlug.

Als zweites hieß es herauszufinden, welchen Wechsel der Hirsch nach der Tagesrast bei üblicherweise wehendem Westwinde einnahm, denn in Richtung dieses Wechsels würde er auch seine spätabendlichen Spaziergänge in voller Deckung unternehmen oder vielleicht auch seinen mittäglichen Verdauungsgang. Als drittes dann schließlich und endlich mußte ich mir präzise dort, wo ich alles dies ahnte, vermutete oder wußte, eine Stelle suchen. Lautlos zu erreichen, unterwindig auch noch, eine Stelle mit etwas Ausblick und Einblick, damit ich dann nicht dasaß oder lag und der Hirsch zog unsichtbar dicht an mir vorbei, käme in meinen Wind und wäre vergrämt für immer.

Drei Hauptfragen also waren zu beantworten – und tausend kleine Nebenfragen, die wie Teufelchen lachten, wenn ich nur daran dachte. Glück also mußte ich haben, dies vor allem anderen, denn das Wissen und das Können sind bei der Jagd nur die alleruntersten Voraussetzungen zum Erfolg. Aber der hängt vom Glück ab, vom Glück der Stunde, der Stimmung, des Augenblicks.

Um den ersten August herum saß ich schon früh am Abend auf der Leiter in der Eiche am Damm, hatte mir ein Buch mitgenommen, so ein richtig schwer und mühsam zu lesendes, Dostojewski's „Schuld und Sühne" war es, unvergeßlichen Angedenkens, denn ich habe es nie zu Ende gelesen. Erstens verwirrten mich die vielen Namen, die alle so ähnlich klingen, und zweitens gehöre ich nicht zu den Menschen, die sich und ihre Seele zerquälen über einem Problem und vor lauter Selbstquälerei vergessen, das Problem anzugehen. Ja gut, ich bin halt primitiv.

Der Hirsch fing bei eben erlöschendem Büchsenlicht an, in den Erlen herumzutreten, rechts von mir, ziemlich weit entfernt, fast am Ende des Bruches, wo es recht abrupt in einen mit reichlich Faulbaum unterstellten Kiefernwald übergeht. Ich legte das ungeliebte Buch beiseite, war nur noch Ohr. Der Hirsch zog in den Erlen umher, alle paar Minuten knackte ein Ast, mal näher, mal weiter entfernt, aber sicher nicht auf größerer Fläche als so um einen Hektar, höchstens einen Hektar. Die Nacht kam, der Ziegenmelker schnurrte sein Abendlied, der Kauz juchte in den Alteichen hinter mir, die Farben, alle Farben waren erloschen. Da erst zog der Hirsch aus dem Bruch in die Kiefern, fegte und schlug in dem Pulverholz, trat dort noch eine Weile herum, und erst, als ich die Hand vor Augen nicht mehr sehen konnte, nahm er den Wechsel zum Felde ein.

Ich aber war ein gutes Stück klüger geworden, baumte von meiner Leiter ab und schlich mich davon. Am nächsten Tage dann, um die späte Vormittagszeit bei gutem Licht und stetigem Wind, fährtete ich zwischen Wald und Feld ab und fand auch nach langem Suchen, was ich finden wollte: Hier einen umgeknickten Ast, dort ein paar herabgerissene Blätter, schließlich im Moospolster einen breiten Tritt: der Wechsel zum Hafer. Nicht weit davon und unter Wind, lief ein schmaler Schleifweg quer durch die Kiefern hin zum Bruch, verwachsen und voller Nesseln und Ranken, aber doch lautlos begehbar, wenn man sehr vorsichtig pirschte. Ich machte, daß ich davonkam, noch längeres Herumstochern konnte stören und ich wußte nicht – und noch immer weiß ich es nicht – wie lange für einen alten vorsichtigen Hirsch die Menschenwitterung im feuchten Walde steht.

Zur gleicher Zeit am andern Tag schlich ich mich den Weg entlang, der dicht vor dem Bruch endete, aber in einen Graben überging, in dem ich einigermaßen lautlos vorankommen konnte, wenn ich nur die Füße langsam durch das Wasser zog, daß es nicht plantschte und platschte. Nach langem Waten sah ich links von mir einen dieser kleinen Hügel mit den Bonsaifichten, konnte mich unendlich behutsam aus dem Graben schieben, erreichte schließlich auch den Hügel, räumte mir ein Plätzchen zwischen zwei Fichten, streckte die nassen Beine und legte die Büchse neben mich.

Die Uhr zeigte mir, daß ich zwei Stunden bis hierher gebraucht hatte, zwei Stunden für 300 Meter. Jetzt war es Mittag, vielleicht mußte ich neun Stunden ausharren. Was tut man neun Stunden lang, wenn nichts geschehen sollte? Und ich hasse schon die Hochsitz-Sitzerei, wenn sie länger als drei Stunden dauert. Ich bewundere die Menschen, die ganze Nächte ansitzen können, vielleicht sogar noch in einer geschlossenen Kanzel, in der sie nichts hören, wenig sehen, und nichts anderes riechen als

27

tote Fliegen, abgestandene Luft und den beißenden Geruch von Holzschutzmitteln. Mir gehen nach einiger Zeit alle Phantasien verloren und ich denke an nichts anderes mehr als an meinen schmerzenden Hintern. Das ist der Grund dafür, daß ich mir meist ein Buch mitnehme, handlich und grün eingebunden. Nicht den Dostojewski an diesem Tage, er hätte mich nervös und schläfrig zugleich gemacht, sondern – so sagt mir mein Tagebuch – das viel zu wenig bekannte Buch von Eichholz „Venedig, Wien und die Osmanen". Wir wissen ja auch viel zu wenig um die jahrhundertelang dauernde Rettung und Bewahrung des Abendlandes durch die Venezianer in ihren Kämpfen im östlichen Mittelmeer.

Bis zur Seite 167 ist das Buch voller Mückenleichen oder deren Überbleibseln, heute noch, von dort an ist jede Seite so weiß wie frischgebleichtes Leinen. Mitten im bösen Ausgange der Schlacht um Scandia auf Kreta nämlich krachte nicht weit vor mir ein Ast, so daß ich das Buch schleunigst zumachte und neben mich legte. Im Griff zur Waffe zeigte die Uhr, daß es fast sechs war, heller Tag also noch. Und wieder krachte ein Ast: der Hirsch war unterwegs! Lange Zeit blieb es still, dann rauschte und brach eine Erle, ich konnte den Wipfel schwingen sehen und hörte den Hirsch, wie er im Schlagen sein „öch, öch!" machte aus tiefer Kehle. Solche Minuten vergißt du nie. Du sitzt oder stehst dicht vor dem gesuchten Wilde, jede deiner Muskeln ist angespannt, der Schweiß läuft dir in die Augen, alle deine Sinne sind nur noch auf das Ziel gerichtet, die Ohren hören das kleinste Geräusch. Mit den Augen nimmst du die geringste Bewegung wahr, die Nase und deine Haut prüfen den Wind – eben noch warst du der Kulturmensch dieses Jahrhunderts, jetzt jagst du das Mammut wie deine Urväter. Und der leichte Schuß ist nichts als das Schlußpünktchen unter alles das, was dir Jagen bedeutet.

Der Hirsch stürmte mit der Kugel im Herzen an mir vorbei und brach krachend zusammen, dicht vor dem Beginn des Schleifweges. Es war ein uralter Sechser vom fast erloschenen Heideschlag, knochig und fahlrot in der Decke.

Geht mein Blick über sein unscheinbares Altersgeweih, das eingerahmt ist von Walther Niedls Vignetten zur Nürnberger Jagdausstellung, und das so mancher irgendwohin in einen finsteren Gang oder ein dunkles Eck verbannt hätte, so ist das nicht ein Blick zur Trophäe, zum Siegeszeichen – was für ein Quatsch! Es ist tiefinnere Rückschau auf einige Stunden und Minuten, die mich eins gemacht hatten mit der Natur und der Urgewalt allen Lebens und Sterbens. Eine kurze Weile lang waren Du, Hirsch, und ich, Jäger, eines Stammes.

Wir jagen mit Vergnügen...

In der alten Burg waren der Turm – der Bergfried – und das Haupthaus – der Pallas – durch ein Zwischengebäude verbunden, das bis in den dritten Stock reichte und in seinem Grundriß wie auch den Räumen dreieckig war. Diese Zimmer, oder besser gesagt Kammern, hatten Seitenlängen von knapp fünf Metern, winzige mit Butzenscheiben in Bleifassung versehene Fenster, und die Fußböden bildeten Steinplatten, die im Laufe von sechs Jahrhunderten sehr ausgetreten waren. Die Räume waren also eigentlich unbewohnbar und dienten als Abstellkammern, lediglich im ersten Stock zwischen einem großen Wohnraum und der Kapelle im Turm war wohl schon immer die Waffenkammer des Hauses gewesen. Sie lag durch die vorkragenden Ecken von Pallas und Turm fast ganz in deren Schutz gegen schwere Geschosse und war von den Verteidigern von beiden Seiten her leicht zu erreichen.

Bis zu meinem zehnten Geburtstage war mir das Betreten des Raumes ohne Begleitung streng untersagt. Nicht etwa, daß ich mich an Hakenbüchsen, Stein- und Radschloßwaffen hätte vergreifen können, dazu waren sie meist allzu schwer, aber eine heillose Unordnung anzurichten, wurde mir offenbar zugetraut. Hier aber irrten meine Eltern sehr, die alten Waffen und ihr Zubehör übten auf mich keine Anziehungskraft aus. Damals jedenfalls noch nicht. Später habe ich jedes Gewehr und jede Pistole ausprobiert, bis hin zu einer Mauerbüchse mit Doppelfuß als Stütze und Auflage, die mit Unmengen von Schwarzpulver und gehacktem Blei geladen einen solchen Rückschlag hatte, daß ich sie von da an nur noch

30

mit Ehrfurcht vor ihren früheren Benutzern betrachtete und nie mehr in die Hand nahm.

Die wahrhaften Anziehungspunkte waren damals ganz andere Dinge in dem dunklen Raum, der nur von dicken Kerzen in zinnernen Füßen beleuchtet werden konnte. Das waren die irdenen, bemalten Teller an den Wänden, die der Ururgroßvater bei seiner Kavaliersreise durch Europa im Jahre 1820 gesammelt hatte. Irgendwann einmal später hatte er die Lust an der Sammlung verloren und erst meine Großeltern fanden die Teller auf dem Dachboden zwischen allerlei Gerümpel. Großvater hängte sie zwischen Waffen, Pulverflaschen, Kugelbeutel und messingbeschlagene Hundehalsbänder als bunte Abwechslung. Jedesmal, wenn ich mit meiner Mutter in die Kapelle ging oder dort ein Geburtstag einbeschert wurde, was merkwürdigerweise immer schon in diesem doch eher heiligen Raume geschehen sein soll, blieb ich in der Waffenkammer stehen und war kaum mehr wegzubringen von dem bunt bemalten, flachen oder auch tiefen Geschirr.

Einer der Teller hatte es mir besonders angetan, vermutlich war er aus späterem Geschenk, so aus der Zeit um 1860 etwa. Auf hellgrauem Grunde waren in einem kräftigen Moosgrün, pastös fast, drei Jäger gemalt, die von rechts nach links schritten, von ihren Hunden begleitet. Der erste Jäger war groß und schlank, sein Hund eine Art altdeutscher Vorstehhund kräftigen Schlages. Der zweite Jäger war klein und dick, mit den Händen im Muff, der Hund hinter ihm ein Teckel mit sehr krummen Beinen. Und der dritte Jäger war wieder groß, aber dick wie eine Tonne, und mit einem gewaltigem Rucksack, an dem an einer derben Leine ein kurzhaariger Hund angebunden war. Die Jäger mit ihren Hunden waren es aber nicht, die mich so fesselten und beeindruckten, es war der um den Tellerrand laufende Spruch, der in mir eine unsagbare Sehnsucht geweckt hatte und mir Freuden versprach, die mit das Höchste sein konnten, was es auf Erden gibt. Da stand in kräftigen Lettern, die mit zierlichen Schnörkeln versehen waren, der für mich so bedeutende Satz: „Wir jagen mit Vergnügen dem dicken Walde zu."

Noch ahne ich nicht, wie bald schon qualvolle Sehnsucht zu namenloser Freude werden sollte.

An meinem zehnten Geburtstage wurde mir wie immer im Turm einbeschert, ausnahmsweise blieb die Tür zur Waffenkammer offen, ausnahmsweise auch wurde ich nach der Einbescherung aus irgendeinem Grunde von meinen Eltern allein gelassen. Anstatt aber mich mit meinen Geschenken zu befassen, schlich ich mich in die Kammer, holte mir einen Schemel oder Hocker, nahm eine der dicken Kerzen zur Hand, zündete sie an, um meinen Teller ganz genau zu besehen und mit ihm zu träumen.

So fand mich mein Vater, und ich war so versunken in die Betrachtung des Tellers und in meine Träume, daß ich sein Eintreten völlig überhörte. Später einmal sagte er mir, er habe lange Zeit still hinter mir gestanden und mich betrachtet und dabei habe er seinen Entschluß gefaßt, mich gerecht einzuführen in die große Welt des Jagens. Ich aber bemerkte ihn erst, als er seine Hand auf meine Schulter legte, in mein erschrockenes Gesicht hinein lächelte und sagte: „ Komm, Großerchen, wir wollen pirschen fahren, zieh dir was an!"

Und von diesem Tage an begleitete ich ihn, wann immer es Schule und Hausarbeit zuließen, auf seinen Pirschfahrten und -ritten. Und jeder Bock, den wir anfuhren oder anpirschten, wurde mit mir besprochen — in sorgsamem Abwägen. Zwei Jahre lang blieb Vater mein bester Lehrmeister.

Wenige Tage vor meinem zwölften Geburtstage führte ich ihn auf den ersten, ganz allein von mir bestätigten Bock, der in nachbrunftiger Faulheit in den Rüben über dem aufgelassenen Weinberge stand, und Vater gab mir vor dem Bocke angekommen, seine Büchse in die Hand: „Schieß du!" Und ich schoß den alten zurückgesetzten Bock aufs Blatt und war wie versteinert vor Glück — tagelang. Die ganze Zeit schon, als ich führend vor meinem Vater hergepirscht war, über den Kreuzberg hin, in die Schlucht des Weißen Wassers und hinauf wieder in den Hang des Weinberges, hatte es in mir geklungen und gesungen: „Wir jagen mit Vergnügen dem dicken Walde zu."

Das also war es, dies war das Vergnügen, das Ausschauen des Bockes, das Pirschen und Steigen, das heimliche Schleichen auf den letzten Metern, schließlich der Schuß. Aber das Schönste — und so ist es bis heute geblieben — das war das Suchen und Bestätigen der endlichen Beute.

Wenige Tage später kam mein Geburtstag, in der Kapelle im Turm war einbeschert. Aber als ich vom Glöcklein gerufen dort eintrat, da war auf dem riesigen Eichentische mit seinem Leuchter – nichts, gar nichts! Ich stand, ratlos erst, sinnend dann, was es verursacht haben konnte, daß mir nichts geschenkt wurde. Ach ja, ein Jungensherz hat viel zu überdenken an strafbarer Handlung. Die Tränen stiegen in die Augen, unaufhaltsam fast. Aber ich sah doch die frohen Gesichter der Eltern, das Grinsen des Bruders, das verschmitzte Lächeln um Vaters Mund, die Ungeduld schließlich, mit der er die Hand zum Tische hin streckte, die aus ihm herausbrechen ließ: „Schau unter die Kerze!"

Und da sah ich es erst: Unter dem Fuße der Kerze, fast von ihm verborgen, war ein Zettel, ein Brief gesteckt. Ich nahm ihn, knitterte das Papier heraus, las:

„Ich schenke meinem Sohn Friedrich Karl die Jagd zwischen Harte und Weinberg mit allen Rechten und Pflichten zur freien Verfügung unter der Bedingung, daß er sie im kommenden Lebensjahre nur unter Anleitung und Aufsicht des Hegers ausübt und bei diesem in seiner Freizeit in gewissenhafte Lehre geht."

Da brach der schon lang aufgestaute Tränenstrom aus mir heraus, Tränen unendlichen Glückes, eines Glückes, das mir geblieben ist bis zum heutigen Tage. Und es sang und jubelte in mir und es singt und jubelt noch heut, wenn die Hirsche schreien oder der Bock aufs Blatt springt, die Enten ziehen oder der Fuchs in heller Schneemondnacht bellt:

„Ich ziehe mit Vergnügen dem dicken Walde zu!"

Gams überm Nebel

Tagelang waren der Sepp und ich im Karwendel herum-
gekrochen, mal über dem Nebel, mal darunter, aber meistens mittendrin. Unsere Laune war dahin, mein Urlaub
schon bald, der Rotwein auf der Hütte ging zur Neige und
außer gelegentlichen Flüchen über dies unsinnige Gams-
brunftwetter hatten wir uns nicht mehr viel zu sagen. Jeder weiß ja, wie das so ist, wenn die Nerven zu kratzen
anfangen.

Am vorletzten Tage meines Aufenthaltes „schien" es dem
Sepp so, daß gegen Mittag der Nebel oder die Wolken
oder was es auch war, sich etwas senken würden und wir
deshalb einen Pirschgang versuchen sollten. Wir stiegen
also durch dicke Suppe bergan und kamen tatsächlich –
der Sepp hatte recht gehabt – nach einiger Zeit in die
liebe Sonne und mit ihr in die etwas schrofferen Felsen,
unter denen unverändert und nur mit dem Messer zu
schneiden, der Nebel lag und vom gelinden Winde mal
etwas nach oben, mal nach unten waberte.

Der Pirschgang war zunächst wenig ereignisreich, die
Gams waren entweder unten geblieben im Undurchsich-
tigen oder sie waren ganz herauf gestiegen in die Schatt-
seiten, bis zu denen hinzupirschen die Zeit nicht mehr
langte. Nachdem wir auf einem Steinköpferl lange Zeit
vergeblich in die Welt hinein spekuliert hatten, erschien
doch tatsächlich schräg unter uns aus der milchigen
Brühe ein einzelnes Gams, von uns Beiden als uralte,
klapperdürre Geiß angesprochen.

„Die muß schon wirklich weg!" sagte der Sepp, und
„schleich dich halt näher, dann wird's schon gehen, ich
bleib da und pass' auf." Na schön, ich packte mein Zauberzeug zusammen, kroch ein wenig rückwärts in die
Deckung und in dieser nach unten, traversierte über einen
kleinen Felsbuckel, kam nahe genug an das ruhig äsende

Stück heran, und machte auf einem Stein einen Knäuel mit meiner Kotze. Ich schoß und die Gams machte eine hohe Flucht nach vorn, drehte nach unten und verschwand im Nebel.

Etwas bedeppert blieb ich hinter meinem Steine liegen, der Sepp kam und kratzte sich am Kopf. „Teifi, Teifi, steintod ist's abi g'fahrn, hiatzt derf mer's suachen!" Im Grasband lag der Schweiß wie gegossen, am letzten Ende, kurz vor dem Felsabsturz, ging die Schweißspur in eine Rutschbahn über, die sich unter uns in der weißen Brühe verlor. Nachsteigen ging nicht. Also nach Hause, die Steigeisen holen, von unten her einsteigen. Aber auch das war leichter gesagt als getan. Unten, tief unten lief zwar ein Steig, aber ob die Geiß bis an, auf oder über den Steig gerutscht oder gefallen war, vor allem aber wo dies geschehen sein konnte, blieb uns Beiden ein Rätsel. Es gab jede Menge Möglichkeiten dafür, denn von unten her, aus dem Nebel heraus, hatten wir keine Ahnung von der Anschußstelle hoch über uns. Also war es notwendig, vom Steig aus in jeden der tiefen Einschnitte im Fels einzusteigen in der Hoffnung, daß die Gams irgendwo erreichbar in einer der Latschen oder Bergfichten hing.

Im ersten Einschnitt war gar nichts. Nach einer Stunde des Kletterns waren wir dessen gewiß. Im zweiten Einschnitt lief es nicht anders, zum dritten zu gehen, hatten wir fast keine Lust mehr. Die Hände waren zerkratzt und die Knie sowieso, hungrig und durstig und wütend waren wir auch. Aber hinschauen wenigstens wollten wir doch, des jägerischen Anstandes wegen, auch wenn die Geiß schließlich nur Rabenfutter wäre.

Also gingen wir bis unter den dritten Einschnitt in der Wand, der Sepp vor mir her, und plötzlich schrie er auf: „Rindsviecher san mir, Idioten, damische!" Und deutete mit dem Stecken vor uns auf den Steig, denn da lag die Geiß mitten drauf und grinste uns aus opalenen Lichtern höhnisch an. Zwei Stunden Schwerarbeit und vier Stunden Gehen hätten wir sparen können, wären wir erstmal den Steig entlang gegangen, anstatt kopflos in die Wände zu stürmen. Aber wir hatten die Gams, beruhigten uns nach einigem herzerfrischenden gemeinsamen Fluchen, waren wieder die dicken Freunde von jeher und immer und stiegen getröstet zu Tal zur letzten Flasche Roten und letzten Schachtel Zigaretten.

Als wir am nächsten Morgen, dem allerletzten Pirschgangstage, erwachten, machte sich eine ungetrübte Sonne auf ihren Tagesweg. Die Wolken und mit ihnen der Nieselnebel waren verschwunden, die Welt war weit und schön und bunt. Und überall in den Wänden und auf den Matten standen die Gams, ruhten oder ästen im Gras oder trieben sich wie die schwarzen Teufel durch Fels und Geröll.

Einen guten, einen wirklich guten Bock hatte ich schießen sollen, war die Anordnung des Jagdherren gewesen, heut mochte es klappen. Aber zunächst ging gar nichts. Im ersten Rudel, das wir anpirschten, war kein jagdbarer Bock, der beim nächsten Rudel war dem Sepp nicht gut genug – mir hätte er gereicht. Die Mittagsrast auf einem Grat über einem sonnseitigen Kar war zwar recht gemütlich und erholsam, auch sahen wir reichlich Gams im Kar stehen, aber es blieb wie verhext. Ein guter, ein wirklich guter Bock war nicht dabei, und obwohl wir gewiß an die drei Stunden hockenblieben. Es erschien auch nichts Unverhofftes, vorher nie Gesehenes aus Latschen und Fels, wie es doch sonst so oft bei der Gamspirsch ist, zumal in der Brunft.

Und die Zeit verrann, vier Stunden blieben mir noch einschließlich des Abstiegs zur Hütte.

„Geh'n wir also", sagte der Sepp schließlich, „schleichen wir uns den Grat entlang, bis wir in die Schattenseite einsehen können. Mag sein, daß dort was ist."

Also pirschten wir voran, wenn es nur ging in Deckung der Felsen, kamen auch schließlich ohne Anblick bis über das Schattkar und krochen auf allen Vieren bis hinter einen Steinbrocken. Dort schoben wir uns rechts und links an seine Seiten und brauchten gar nicht erst zu spekulieren, denn gleich unter uns, auf weite, aber doch gängige Büchsenschußentfernung, stand ein Bock auf einem Felsvorsprung. Er äugte in die Tiefe vor ihm, wo eine Kitzgeiß und eine Schmalgeiß vom spärlichen Grase ästen.

Der Sepp zog sein Uraltspektiv auseinander, besah sich den Bock, der mir sehr gut und auch alt genug schien, mit nervtötendem Bedacht, schob das Rohr wieder ineinander und sagte bedauernd: „Na ja, gut ist er schon, saugut sogar, aber alt ist er halt noch nicht." Nun habe ich zwar schon eine ganze Menge Gams geschossen in meinem langen Jägerleben, aber einem alten, erfahrenen Oberjäger zu wiedersprechen, traute – und traue ich mir auch heute – noch nicht. Ich habe mir sogar das Rauchen wieder angewöhnt nach langer Abstinenz, als mir ein wahrhaftiger Wildmeister bei einer Bergtour zur Feststellung von Rotwildschäle bedauernd sagte: „Weißt, als Du noch geraucht hast, bist besser gestiegen, gell, jetzt fehlt Dir aber auch jeder Zug!" Das gab dann den, ich geb's ja zu, langersehnten Ausschlag zur Wiedergewöhnung.

Na gut, also der Sepp hatte sein Rohr wieder zusammengeschoben, hatte seinen Spruch gesagt und merkte wohl, daß ich ziemlich enttäuscht und wohl auch ein wenig ungläubig aussah. Also zog er das Rohr wieder auseinander, besah sich den Bock mit seinem im Winde wachelnden, eher mäßigen Bart noch ausdauernder an als vorher, schob das Rohr wieder zusammen, schüttelte ein wenig den Kopf und meinte: „Also schön, saugut ist der Bock, so um die 20 Zentimeter hat er drauf, aber mehr wie siebene ist er nicht alt." Und nach langem Zögern: „Also schieß ihn halt, ich werd's vertragen."

Also schoß ich den Bock, der einen Satz in die Tiefe machte, noch ein wenig nach unten rutschte und liegenblieb.

Ich rauchte meine Zigarette, der Sepp seine Kurze und als der Stummel ausgedrückt und die Pfeife ausgeklopft waren, kletterten wir den kleinen Weg nach unten, ich voran, der Sepp hinterher.

Am Bock angekommen, rissen wir beide die Augen auf, denn solch einen guten Bock, wie er sich nun präsentierte, hatten wir nicht in ihm vermutet. Und der Sepp schlich um ihn herum, die Augen stier auf das Hinterhaupt des Bockes gerichtet, derweil ich mich halb hinter das Stück setzte. Innerlich, nur innerlich natürlich, schon grinsend, denn was mir ohne nahe hinzusehen da an Rillen und Riefen an der Rück- und Unterseite der Schläuche entgegenlachte, das waren Altersringe bis weit hinauf.

Der Sepp hockte sich an den Bock, drückte die Haare über der Brunftfeige herunter, zählte und zählte, immer wieder von neuem beginnend, schüttelte den Kopf, daß der rote Bart im Winde wehte, drehte sich zu mir, immer noch kopfschüttelnd: „Sakradi nochamol, dreizehn Jahr, dreizehn Jahr hat er drauf und ausschaun tut er wie siebene, Herrgott noch eins, wie kann man sich so täuschen?"

Seither ist es zur lieben Gewohnheit geworden, daß der Sepp und ich, wenn wir uns treffen, wie aus einem Munde zu sagen pflegen: „Aber jung ist er halt doch!" Und wenn wir zusammen im Berg herumsteigen und irgendwo einen alten Gams stehen sehen, dann murmele ich so leise unser Sprüchlein vor mich hin: „Aber jung ist er halt doch!" Und der Sepp tut so, als hätte er es nicht gehört, aber ich weiß, so ein klein bißchen wird er sich schon ärgern. Und das soll er auch!

Die reine Lehre – oder die Zukunft der Jagd?

Nie soll man leichtfertig urteilen über Fehler, die andere machten, denn wir kennen nur selten die Situation, aus der heraus sie entstanden. So manches, das mir als Fehler vorgeworfen wurde, würde ich auch heute wieder tun und sogar stolz darauf sein, denn ich tue sie zwar zu meinem eigenen materiellen Schaden, aber bewahre mir meine Selbstachtung. Die Rede der Anderen: „Ach hättest du doch gehorcht oder den Mund gehalten". Diese Rede ist dummes Geschwätz, denn was ist schon das bißchen erkaufte Ruhe gegen den immer fortbohrenden Pfeil, versagt zu haben vor sich und seinem Gewissen?

Nur das Gewissen sagt, ob ein Fehler böse und schlecht war oder wohlgetan, ob ich Grund habe mich zu schämen oder nicht.

Bei der Jagd, die uns häufig genug vor Situationen stellt, die unvorhersehbar sind, und die schnelle Entscheidungen verlangen, Entscheidungen, zu denen uns niemand Rat gibt und die grade deshalb so schwer sind, weil sie auch und vor allem ein unschuldiges Tier treffen können, bei der Jagd machen wir Fehler, die uns lange Zeit nachgehen und anhängen wie Kletten. Wer aber leichtherzig darüber hinweggeht, weder selbst leidet, noch das Leiden im gejagten Geschöpf erkennt, der wird nie ein Jäger werden und würde er hundert Jahre alt. Er ist und bleibt ein Charakterschwein, und ich möchte um keinen Preis der Welt mit ihm zusammenstehen.

Das Forstamt war Lehrforstamt für Referendare. Jedes Jahr kamen zwei dieser jungen Leute, frisch von der Hochschule, voll guter Vorsätze und theoretischem Wissen, manche von ihnen jagdliche Anfänger reinsten Wassers, andere schon vom Vater her geprägt. Ihnen konnte man guten Gewissens einen Pirschbezirk anvertrauen, sie würden zwar auch – endlich auf eigene Verantwortung in die Freiheit entlassen – ihre Fehler machen, aber sie würden versuchen, aus ihnen zu lernen und sie wieder auszubügeln. Die jagdlichen Novizen aber, mit nichts anderem angefüllt als der Lehre vom Kleinen Roten Knospenfresser und Großem Braunen Rindenbeißer, die brauchten eine geraume Zeit, um ihr so sprödes Wissen um die Geheimnisse des Jagens zu erweitern.

Eines Tages erschien ein junger Mann, zeigte seine vortrefflichen Zeugnisse, auch das seiner Jägerprüfung, die er nach Anleitung des Vaters in dessen Revier schon vor dem Studium abgelegt hatte. Ich war froh, ihm einen Pirschbezirk anweisen zu können in einem Revier, dessen Leiter leidend war und deshalb nur sehr eingeschränkt jagen konnte.

Es vergingen nur wenige Tage, da kam der junge Mann zu mir mit der Bitte, ihm bei der Nachsuche auf ein Schmalreh zu helfen, das er ohne Hund nicht finden könne. Meine alte Ondra vom Wildanger machte sich wie immer am Anschuß lange zu schaffen, zeigte auch einige Schweißspritzer im Beerkraut der Schlucht, dann zog sie mich am langen Riemen in die schütteren Anflugfichten den Bach hinunter. „Nein, nein," rief der Schütze, „den Bach hinauf ist das Stück, nicht hinunter."

Aber ich ließ ihn rufen und reden und hatte auch allen Grund dazu, denn meine Ondra hat zum einen immer recht, zum anderen lag dicht vor mir der halbe Pansen, also mußten wir wohl richtig sein. Ein paar Meter weiter war dann auch das Stück, nur war es keineswegs ein Schmalreh, sondern das Brüderchen, ein geringer Jährling. Nun erwarte ich ja nicht besonders viel vom forstlichen Nachwuchs, aber immerhin, ich hatte doch gedacht, daß es dem jungen Herren wenigstens peinlich sein würde, sich so verguckt zu haben. Seine Reaktion mit: „Na, da habe ich ja ganz richtig geschossen", trug kaum zu meiner Erheiterung bei.

Der Heimweg war schweigsam. Es vergingen nur wenige Tage, da wurde ich wieder zu einer Nachsuche gebeten, diesmal sollte es ein Vorderlaufschuß sein. Ondra machte ihre Sache gut, das Stück hatte ziemlich bald im Wundbett gesessen und ging vor uns hoch. Die Hetze war kurz, bald hatte sie das Kitz niedergezogen und abgetan. Die Begründung zum schlechten Schuß mit: „Ach, da habe ich halt ein bißchen zu schnell geschossen," ließ den schon siedenden Topf meiner Geduld – und die ist sehr langmütig, leider – fast überschäumen, ich fand aber mit meinen harschen Worten einen nur ziemlich desinteressierten Zuhörer.

Das endgültige Überkochen fand dann so um die zwei Wochen später statt. Es war natürlich wieder eine Nachsuche, diesmal in einer bürstendichten Fichtennaturverjüngung mit vielen trockenen Nadeln und Spinnweben, dazu war sie klatschnaß vom nächtlichen Regen. Mein Gemützustand war also schon recht mäßig. Die Suche endete gottlob nach kaum 40 Metern am verendeten

Stück, das den Schuß spitz von hinten aufs Weidloch bekommen hatte. Ich zog die Ricke heraus, deutete auf den Einschuß und den faustgroßen Ausschuß an der letzten Rippe und fragte nur: „Wie das?"

Die Antwort war kollegreif, 3. Semester Jagdkunde: „Ach, wissen Sie, Wald geht nun mal vor Wild, wenn wir also den Wildstand vermindern müssen und wollen, dann muß dies schnell und hart geschehen, das Rehwild braucht im übrigen auch einen Populationssturz, um gesund zu bleiben, die Hauptsache ist, ich habe getroffen und es ist ein Reh weniger, das Schaden verursacht."

Diesmal blieb mir der Mund nicht offenstehen, das sofort an Ort und Stelle ausgesprochene Jagdverbot für den Rest seiner Zeit hatte eine Beschwerde zur Folge, der zum Glück nicht stattgegeben wurde. Aber allein schon die Tatsache, daß eine Beschwerde über meine Maßnahme erfolgte, spricht Bände für die innere Einstellung mancher Jünger Huberti, richtiger gesagt aber wohl mancher Jünger der reinen Lehre vom Wald als wildleerer Stätte ökologischen Schaden-Nutzen-Denkens – was immer man auch darunter verstehen mag. Aber die Lehrherren solchen Gedankengutes haben noch richtig jagen können und wenigstens ihr Handwerk verstanden. Ihre Epigonen hingegen sind auch dessen entwöhnt – sie gehen nicht auf die Jagd, sie gehen zur Ungeziefervertilgung.

Ich habe den jungen Herren nie wieder gesehen, ich wünschte mir, daß er fern aller Praxis irgendwo auf einem Bürostuhle hockt, fürchte aber, daß seine Einstellung zu Wald und Wild, zu Schöpfer und Geschöpf, ihm bald ein Forstamt beschert hat. Gott schütze mich vor solch einem Jagdnachbarn.

„Es war wunderschön!"

Die Südwestküste der Insel Mull ist von einem fast durchgängigen Steilabfall gekennzeichnet, der zwischen 200 und 300 Meter fast senkrecht ins Meer abstürzt. Der stark verwitterte Gneis hat viele Schroffen und Risse, je nach Verwitterungsgrad sind mehr oder weniger breite Grasbänder entstanden, die fast immer horizontal verlaufen und Dank der ganzjährigen Feuchtigkeit und des atlantischen Klimas eine hervorragende Äsung liefern. Diese Felsen und Grasbänder sind die Heimat des Steinadlers, der dort in großer Dichte horstet. Sie sind der bevorzugte, ja der einzige Aufenthaltsort der sogenannten Wildziegen, und schließlich auch fast ganzjährig der Lebensraum einer fast nicht zu bejagenden Rotwildpopulation.

Mit den Wildziegen haben Iain und ich den größten Spaß. Ihre Herkunft ist umstritten, die einen sagen, daß es Tiere sind, die sich von den Schiffen der Armada an Land gerettet hätten, die anderen, daß sie von den Portugiesen oder Spaniern mit Absicht ausgesetzt worden seien, um anläßlich ihrer Handelsfahrten bei Bedarf Frischfleisch zu erlangen. Wie dem auch sei, die Ziegen sind mit Sicherheit iberischen Ursprunges, sie leben seit Jahrhunderten in den Klippen. Aber sie sind dennoch nicht so wild geworden, wie es echte Wildtiere sind. Die Jagd auf diese halbzahmen Tiere, deren Böcke imposante Gehörne tragen, die von manchem südeuropäischen Jäger dann als „Schottischer Steinbock" firmiert werden, ist eigentlich das einfachste Ding der Welt. Aber dem guten Salär und dem saftigen Trinkgeld zuliebe machen wir die Jagd so spannend wie nur möglich, mit stundenlangem Kriechen im Fels und anstrengendem Robben auf den Grasbändern. Hat dann der glückliche Schütze seinen fürchterlich stinkigen Bock erlegt, so machen wir eine gewaltige Zeremonie daraus. Nachher lachen wir uns halb kaputt und feiern mit einem großen Dankopfer des seelenöffnenden Whisky das – doch wohl etwas schäbige – Theaterspiel.

Aber davon will ich ja gar nicht erzählen.

Es hatte tagelang von Südwest her gestürmt und der Regen war in solchen Fluten gefallen, daß alles Jagen unmöglich war. Dann brach eine milchige Novembersonne durch die Wolken, der Wind drehte auf Nord, wir konnten hinaus. Dabei war uns klar, daß alle Bäche und Corries – das sind solch tiefeingeschnittene Senken – mehr als randvoll mit brauner Brühe sein würden, und daß eine normale Pirsche auf halbem Hang der Hügel ein selbstmörderisches Unterfangen sein müßte. Also entschlossen wir uns, auf dem vergleichsweise trockenen Gras entlang des Steilabfalles zum Atlantik zu pirschen und von dort aus die Flanken der Berge und die weite Ebene des Glen mit dem Glase abzusuchen, um dann parallel zu den stürzenden Wassern an das Wild heranzukommen. Der Kahlwildabschuß war noch nicht zu einem Viertel erfüllt, er brannte uns auf der Seele. Wir fuhren die kleine Straße von Pennyghael hinauf bis auf die höchste Höhe vor Carsaig, ließen den Wagen stehen und stiegen um auf das Argo, den Geländewagen mit seinen acht Rädern. Nach einer guten Stunde mühseliger Fahrt durch Moor und Bäche waren wir auf der Höhe angekommen, hatten bisher kein Stück Wild gesehen, ließen das Teufelsfahrzeug stehen und pirschten gegen den steifen Wind dem Steilhange zu. Dazu braucht man auch wieder eine gute Stunde, denn erst einmal muß man, gemächlich zwar, aber doch steil genug, von unserer Höhe von etwa 350 Meter über NN auf gute 500 Meter aufsteigen. Dann muß man wieder jach und glitschig hinunter auf die frühere Höhe, wo man auf einem Felsband ausschauende Rast machen kann, um schließlich noch einmal gute 150 Meter abzusteigen auf das Grasband über dem Meer.

Die Rast war bitter nötig, dies ewige Rutschen mal vor, mal zurück auf torfigem, quatschnassen Boden hatte uns ziemlich kaputt gemacht. Wir kramten die Teeflaschen aus den Rucksäcken, schärften das Getränk mit einem Schuß Whisky, aßen ein paar Bissen Schokolade und einen Apfel, zündeten uns den nun sehr notwendigen Tabak an. Dann erst nahmen wir die Gläser an die Augen und suchten das Glen unter uns und die Flanken der Hügel vor und unter uns ab.

Ja, was war das: Die ganze uns abgewandte, im Windschatten liegende Seite des Glen – und wir konnten es in einer Länge von mehr als zwei Kilometer einsehen – war voller Wild. Rudel stand bei Rudel, insgesamt mochten es bei 200 Stück Wild sein. Fürchterlich! Und der Abschuß drängte. Iain machte ein Gesicht wie ein Leichenbitter und seufzte aus tiefster Seele.

Seufzen aber bringt kein Wild in die Kühlhalle, wir machten einen Plan, fanden ihn gut und stiegen schräg zum Wilde hin und in Deckung der vielen Felsen hinunter in Richtung Atlantik. Alles ging gut, gelegentliches Beobachten mit dem Glase zeigte, daß keines der Stücke mit argwöhnisch aufgeworfenem Haupt in unsere Rich-

tung äugte. Wir kamen also unbemerkt unten an, waren
für eine gute Weile durch einen flachen Hügel überriegelt
und konnten aufrecht und schwatzend den notwendigen
Umweg machen, der uns auf den halben Hang des Glen
bringen mußte, eben dorthin, wo das viele Wild stand.

Auch das gelang uns vollkommen. In der Deckung einer
kleinen Felsgruppe schoben wir uns vor, krochen an deren Rand, um – aus nun so etwa 300 bis 400 Metern Entfernung vom ersten Rudel – unsere Auswahl zu treffen.
Wir lagen in voller Deckung der Steine und in deren
Schatten auf unseren Bäuchen, hatten die Gläser an den
Augen, schauten eine Weile, und dann sahen wir uns

beide wie auf Kommando an. „Das ist aber merkwürdig," sagte Iain, „dieses Wild ist doch viel stärker bei Wildbret als es normal ist – oder täuscht mich heute dies milchige Licht?" „Das glaube ich nicht," meinte ich, „und ich habe auch den sicheren Eindruck, daß diese Stücke so um die 20 Kilo mehr auf die Waage bringen. Weißt du, was ich denke? Ich glaube fast, es ist das Wild aus der Steilkante mit ihrer guten Äsung, und der Sturm der letzten Tage hat es von dort vertrieben. Es muß dort ja fürchterlich gewesen sein."

„So wird's sein," antwortete Iain, „und es ist gut, daß endlich auch wir mal von diesem Wilde ernten können und nicht nur die irischen Wilderer vom Boot aus. Gehen wir's an!" Also ließen wir Rucksäcke und Bergstecken am Felsen liegen und robbten uns dem Rudel entgegen, kein großes Kunststück, denn das Gras war ziemlich hoch und immer wieder lagen Felsbrocken herum, die gute Deckung boten. Aber wie es halt vorkommt, als wir schon in guter Schußentfernung waren, rutschte ich von einem glitschigen Moospolster, das ganz flach auf einem schräg verkanteten Stein lag, riß auch noch den Stein aus seiner Verankerung, daß er mit gewaltigem Gepolter den Abhang hinunter rollte. Ich verlor auch zu allem Überfluß selbst das Gleichgewicht und fiel und rutschte so drei, vier Meter zu Tal – hinein in die volle Sicht des Wildes.

Normalerweise wäre nach solch einem Vorfalle die heutige Jagd vorbei gewesen, alles Wild bis hin zum Horizont hätte sich schaukelnd in Bewegung gesetzt und wäre auf Nimmerwiedersehen in der Ferne verschwunden. Heut und hier geschah dies nicht! Im höchsten Grade neugierig starrten uns alle Stücke des Rudels an. Das

Leittier kam sogar ein wenig auf uns zu getrollt, um sich diese seltsamen Wesen genauer anzusehen, und als wir uns – Büchse im Anschlag – wieder hingelegt hatten, frei wie die Schießscheiben, fing erst das eine, dann das andere Stück und schließlich alle miteinander wieder an, das schöne Gras zu äsen. Man hatte in uns ungefährliche, mittelgroße, höchstens ein wenig merkwürdige Wesen erkannt und konnte zur Tagesordnung übergehen. Der Mensch als harmloses Mittier! Mir wurde sehr merkwürdig zu Mute. Das Paradies war möglich, der Wolf bei den Schafen, der Luchs beim Reh, der Mensch bei allem wilden Getier.

Wie auf einen unhörbaren und doch nicht zu umgehenden Befehl drehten Iain und ich uns um, wortlos, erhoben uns, schlugen die Büchsen über die Schulter und marschierten den gleichen Weg zurück, den wir gekommen waren. Und erst, nachdem wir wieder auf unserem Ausguck auf halbem Wege zu unserem Fahrzeug angelangt waren, drehten wir uns um und schauten nach dem Wilde: Unverändert stand es in der Heide, ruhig und gelassen, ohne Furcht, äste vertraut und gierig, ruhte oder sah uns nach, ahnungslos, voller Zutrauen.

Und jetzt erst sahen Iain und ich uns in die Augen, lächelten, nickten uns zu: „Es war wunderschön!"

Zwei Stunden Fußmarsch lagen noch vor uns, und wir sagten die ganze Zeit über kein Wort, jeder von uns hatte genug mit sich selbst zu bereden, denn wir waren traurig und glücklich zugleich.

Qualvolle Erinnerung

Erinnerung an schönste Stunden beim Jagen muß sich nicht immer in Trophäen an der Wand oder am Hut ausdrücken, Erinnerung lebt im Herzen, wird mitunter dort verschüttet und durch einen Zufall wieder aufgedeckt. Ich hatte die mühselige Jagd auf das alte Rottier lange schon vergessen, bis ich vor einigen Tagen beim Herumkramen in meiner linken – der unordentlichen – Schreibtischschublade ein Kästchen fand, in dem viele Grandeln von Alttieren ruhen und auf unbestimmte gelegentliche Verwendung warten. Beim Sortieren kamen mir die winzig kleinen, völlig abgeschliffenen und an der Schliffstelle tiefbraun-schwarzen Haken des Stückes in die Hand, von dem ich erzählen will.

Es war in diesem scheußlich kalten und stürmischen Januar des Jahres 1984, als ich mich durch Eis und Schnee auf die Insel Mull hindurchgekämpft hatte, um mit den Berufsjägern – den Stalkern – den bereits durchgeführten und den noch zu erledigenden Abschuß des Kahlwildes nach Alter und Gewicht zu beraten. An den freien Tagen ging ich natürlich mit Iain, meinem Freund und Oberjäger, in den Bergen pirschen, soweit dies in den meterhohen Schneewehen und bei schneidendem Ostwind möglich war.

Wir waren an einem Samstag mit dem Argo recht mühsam auf die Paßstraße nach Carsaig gefahren. Wir waren von oben her quer zu den Hügeln im Windschatten weit nach Westen gekommen, um dann im Glen na Torr, einem tiefen Einschnitt in den Bergen, an den Atlantik zu pirschen, wo wir, das Wild im Schutze der Felsen stehend vermuteten. So war es dann auch, wir waren kaum aus dem Wind und dem Schneetreiben des Tales um die erste Felsnase vor dem Absturz zum Meer gekommen, da stand vor uns ein ruppiges Alttier mit einem winzigen Kalb. Beide Stücke äugten auf den Atlantik hinaus, ich konnte mich an einen Stein schieben, Hand unter dem Vorderschaft des Stutzens, ging hoch in das Kalb hinein, das im Schuß umfiel und keinen Lauf mehr rührte. Das Alttier blieb leider durchaus nicht stehen, wie ich gehofft hatte, sondern flüchtete halbspitz von mir fort an der Abbruchkante zum Meer entlang, machte dann aber doch einen kleinen Haken, so daß ich halbspitz von hinten zu Schuß kommen konnte.

Pfui Teufel, das Stück knickte vorne links ein wenig ein und ging mit schlenkerndem Vorderlauf davon, nun wieder spitz von hinten, und war hinter einem großen Felsbrocken verschwunden, ehe ich hatte repetieren können. Ich war sehr verzweifelt. Eine Nachsuche und Hetze mit Hund wäre ja sonst kein Problem gewesen, aber auf der Insel herrscht absolutes Verbot, bei der Jagd einen Hund mitzuführen – der Schafe wegen. Auch wenn diese längst heimgetrieben sind. Wir mußten also selber Schweißhund spielen, bei der fast durchgängigen Schneelage und der guten Sicht ein nicht allzu schwieriges Unterfangen vom rein technischen her. Mühsamer schon wegen des schneidenden Windes samt Schneetreiben, noch mühsamer wegen der Aussicht, daß sich das Stück auf einem Felsen mit bester Sicht niedertun würde und wir nur mit geringer Erfolgsaussicht nahe genug zum Fangschuß kommen würden.

Zunächst einmal brach ich das Kalb auf und verblendete es mit Schnee, dann stärkten wir uns mit Tee und Schokolade, wälzten uns im Schnee, der an den Wollsachen ganz gut haften blieb und uns einigermaßen tarnte. Wir zogen los in Kiellinie, ich mit den Augen auf der Wundfährte, Iain mit dem Blick weit voraus, um nach Möglichkeit das Stück eher zu sehen als dieses uns erkennen konnte.

Es wurde ziemlich grausam! Der Wind pfiff uns ins Gesicht, die aufgewirbelten Schneekristalle drangen durch alle Sachen und – schlimmer noch – sie machten das Sehen zur Qual und – noch übler – sie verwischten die Fährte, die über lange Strecken nicht mehr zu erkennen war. Weiß man aber, wie ein verfolgtes Stück Rotwild reagiert, dann ahnt man auch den Weg, den es nimmt, nämlich immer in guter Deckung der Felsen und Hänge und einem rückschauenden Halt auf irgendwelchen Köpfen. Wir hielten die Wundfährte ganz gut über gewiß zwei Kilometer, verloren sie dann für einige Zeit, fanden sie unter einem Steilhange in einer Schneewehe wieder. Wir brachten sie noch einen Kilometer voran und hatte nun den Zaun einer riesigen Aufforstung vor uns und links die weite ebene Fläche des Glen, in dem sich der Torransbach sammelt.

Im geringen Windschatten eines Felsbrockens setzten wir uns und spekulierten die Flächen vor uns ab, denn nach rechts hinauf in die Felsen würde ein Stück mit Laufschuß nicht gehen können. Bis zum Zaun hin war alles leer, auch im Glen zeigte sich nichts, zunächst jedenfalls. Aber irgendwo mußte das Tier geblieben sein, es konnte in dieser unendlichen Weite nicht spurlos verschwinden. Also wieder alles abgesucht, wieder und wieder. Und da sahen wir es beide zu gleicher Zeit: Auf einer winzigen Erhöhung mitten im schneebedeckten Glen, einer Erhöhung mit ein paar freigewehten und halb niedergedrückten Farnkrautbüscheln, neben einem kleinen Felsbrocken, schauten zwei Lauscher aus dem Schnee und ab und an auch das Oberteil des Hauptes, den Blick gegen die verfolgende Gefahr gerichtet.

Aus langer und oft bitterer Erfahrung wissen wir, daß das Wild der Hügel und Berge den Menschen auf Entfernungen bis zu einem Kilometer deutlich erkennen kann, seine Fluchtdistanz liegt bei 800 Metern. Wir waren grade dazwischen und waren uns einig, daß uns das Tier gesehen hatte, sich aber noch sicher fühlte. Für uns blieb nur eine einzige, winzige Möglichkeit heranzukommen, das war, wenn einer von uns an Ort und Stelle blieb und sich ab und an dem Stück zeigte, der andere aber weit ausholend, über und hinter die Felsen pirschte, dort bis an und über den Zaun, in diesem in einen der zahlreichen kleinen Bachläufe bis in den halben Wind und dann direkt auf das kranke Stück zu. Alles in der Hoffnung, daß der kleine Felsbrocken, das ihm Schutz gegen den Ostwind bot, auch dem Jäger Schutz vor Sicht geben konnte.

Die ganze Pirsche würde gegen drei Stunden dauern samt einem Robben von mehr als 600 Metern auf dem letzten Teil, Robben durch Eiswasser und Schneewehen. Aber auch für den anderen, der hier ausharren müßte, wäre dies kein Vergnügen – drei Stunden im Eiswind sind keine Erholung. Es war klar, daß ich die Umgehung machen würde, sammelte alles zusammen, was ich brauchte, Rucksack als Auflage, Waffe und Fernglas; Bergstock und Mantel blieben hier. Tief gebückt schlich ich mich fort. Nach einer guten Stunde war ich hinter den Felsen, jetzt voll im Ostwind, dafür wurde das Pirschen leichter, denn der Schnee war fortgeweht.

Dann kam der Wildzaun, in dem der Felshügel flacher wurde und in einem tief eingeschnittenen Graben endete. An dessen Westseite, die nicht ganz so sehr vollgeweht war, konnte ich entlangturnen durch Wasser und Schnee, über Steine und Farn. Schließlich mochte ich so etwa in der richtigen Höhe sein, kroch aus dem Graben heraus in ein freigewehtes Heidekrautköpfchen, das mir Deckung gab, und spekulierte: 400 Meter vor mir saß das Alttier im Wundbett, Haupt und Träger hinter dem Stein verborgen. Zwischen ihm und mir die eintönig weiße Fläche des Glen. Bis auf die Büchse legte ich alles weg, fing an zu robben. 300 Meter weit zu robben im nassen Schnee, durch niedergedrückten Farn und zähes Bentgras, Waffe in Vorhalte, Kasernenhofdrill schlimmster Sorte.

Aber es ging, schwitzend und frierend zugleich, es ging bis hin zum Schuß, zur endlichen Erlösung des kranken Stückes, zur endlichen Befreiung von Schuld und Fehl.

Ich lege die kleinen Grandeln wieder in das Kästchen zurück, das plötzlich so drängend werdende Gefühl des Versagens zu verbannen. Aber ich sitze noch lange und kann meine Augen und meine Gedanken nicht lösen von dem, was damals geschah. Und meine Gedanken sind bitter und mein Blick ist verdunkelt und sieht die unendliche schneebedeckte Fläche vor mir und spürt das Leiden und die Angst und die Ahnung des verfolgten Tieres, aller verfolgten Tiere. Und ich sitze und sinne bis die Dunkelheit kommt und ich das Kästchen nicht mehr sehen kann. Gnädige, verhüllende, vielleicht auch verzeihende Dunkelheit.

Die „Neue Laborierung" – alles schon mal dagewesen!

Ich werde ungeheuer mißtrauisch, wenn mir jemand sagt, daß er aus seinen Fehlern gelernt habe und dies oder das ganz gewiß nie mehr tun würde. Ich könnte fast darauf wetten, daß er, später einmal in die gleiche Lage gekommen, seine Fehler wiederholen wird. Das ist beim einzelnen Menschen so, das ist so bei der ganzen Menschheit.

Ich werde aber noch viel mißtrauischer, wenn mir jemand von seinen immer tötenden Patronen schwärmt, mit denen man jedes, aber auch wirklich jedes Stück Wild bekäme, wenn es nur einigermaßen von der so fabelhaft laborierten Kugel getroffen sei. Solche fruchtlosen Gespräche sind mir sehr zuwider, ich pflege sie damit abzukürzen, indem ich in die Redeflut einwerfe, daß ich zum einen recht häufig vorbeischösse und zum andern viele schwierige Nachsuchen verursache, was mir alles so peinlich sei, daß ich dies Thema gern vermieden sähe. Der so angesprochene Mensch wendet sich dann den anderen Tischgenossen zu und ich habe meine Ruhe, kann mein schönes Essen genießen oder in Muße verdauen.

Aber ich habe wirklich einen Grund, dies leidige Thema zu scheuen, ja zu hassen und zu fürchten wie der Teufel das Weihwasser.

Das war so: Von einem der ganz großen europäischen Büchsenpatronenhersteller, der offenbar von meinen Schießkünsten begeistert war, erhielt ich mit einem sehr freundlich gehaltenen Schreiben eine Sendung Büchsenpatronen, die in der Erprobung seien, deshalb sei die Verpackung unetikettiert und ohne die sonst üblichen Kennzeichnungen versehen. Da man sich aber sehr viel von dieser neuen Laborierung verspräche, die bei Hochwild zumal ein schlagartiges Zusammenbrechen verursachen solle oder müßte und ich doch sehr viel jage, so wäre es... usw., usw.

Kurz und gut, ich dankte höflich und stolz über solche Auszeichnung und versprach, auch die mitgesandten Fragebögen säuberlich und der Wahrheit entsprechend auszufüllen. Mit diesen Fragebögen und den Patronen mit der fabelhaften Laborierung – und nicht einer einzigen der altvertrauten Kegelspitze – fuhr ich gen Schottland.

Mein Freund, der Zöllner in Hull, Büchsenmachersohn aus Leeds, beäugte die Schachteln mit Interesse und Abscheu zugleich, ersteres aus Tradition der Familie, letzteres aus Tradition seines Berufes, denn was einem Zöllner nicht in das Schema paßt, das ist immer suspekt. Das kann so weit gehen, wie es meinem armen Sohn geschah, der geschlagene sechs Stunden im Flughafenzoll festgehalten wurde, weil es weit und breit im ganzen Deutschen Reiche keine Zollvorschrift über die Einfuhr von indianischer Töpferware gibt. Er hatte diese – viel zu teuer natürlich – irgendwo in New Mexiko von einer Indianersquaw erworben hatte, die als „Featherwoman" dort große Berühmtheit genießt. Als er in seiner nach mehr als 24-stündigem Flug verständlichen völligen Erschöpfung törichterweise dem Zöllner die Einzelheiten des Kaufes berichtete, war die Sache völlig verratzt. Die Telefonate dehnten sich über Frankfurt bis nach Bonn aus, schließlich auch bis Hamburg zu Sothebys oder ähnlichem Auktionshaus – in allen Fällen ohne jeglichen Erfolg. Schließlich riß dem im Grunde freundlichen Nürnberger Zöllner der Geduldsfaden, er packte das corpus delicti ein, gab es meinem Sohn und sagte, daß er es nie gesehen habe.

So tat auch mein Zöllnerfreund im Fährhafen zu Hull, oder feiner noch gesagt, zu Kingston upon Hull in der Provinz Humberside. Er erlaubte sich aber die Bemerkung, daß er einer neuen Laborierung von Grund auf mißtraue, schon Ben Akiba habe gesagt, es sei alles bereits einmal dagewesen, und ich möchte doch bitte bei der Rückreise nach ihm fragen und ihm erzählen, was ich erlebt habe mit dieser Wunderwaffe, er sei und bliebe mißtrauisch.

Wie recht hatte der Gute!

Auf der Insel Mull angekommen, gab es viel zu erzählen von Erfolgen und Mißerfolgen der dort von mir propagierten Art der Rotwildbejagung, die wir seit einigen Jahren betrieben. Es wurde eine schrecklich lange Whiskynacht, und weil der Whisky nicht nur die Seelen öffnet, sondern gern die Zunge löst, erzählte ich schließlich auch von den so ganz und gar tötenden Geschossen. Dabei vermied ich natürlich von den Bedenken des Zöllners zu reden, ja, ich kam so ins Feuer, daß ich ganz euphorisch wurde, ich Narr, der ich bin. Durch mancherlei Umstände heute sehr abgeklärt vermute ich, daß mich schon damals die Zweifel gepackt hatten und – Mensch bin ich halt auch – durch viel Gerede abtöten wollte. In den nächsten Tagen, die viel schönes Wetter brachten und gute Pirschen mit reichlich Anblick und der Möglichkeit, den zu belehrenden Berufsjägern – den Stalkern – immer wieder die Altersanprache am lebenden Stück zu demonstrieren, in diesen Tagen, auf die ich mich monatelang gefreut hatte, geschah mir mein Cannae! Das erste Stück, auf das ich die Wunderwaffe loswurde, war ein uraltes Alttier, das etwas abseits vom Rudel stand, hervorragend geeignet, später am Zahnabschliff „12-jährig und älter" zu zeigen.

Auf den Schuß hin, der handbreit hinter dem Blatte saß, also beide Lungen gefaßt haben mußte, blieb das Stück stehen, die Läufe unnatürlich gespreizt, und schaute mich an. Es stand so und blieb so stehen, obwohl ihm der Schweiß aus dem Windfang floß und auch aus dem Einschuß. Ich repetierte, schoß noch einmal auf etwa die gleiche Stelle, aber das Stück ruckte nicht einmal, es stand und schaute mich an. Erst beim dritten Schuß knickte es sehr langsam hinten ein und überschlug sich nach rückwärts. Peinlich, peinlich!

Die Ausschüsse waren alle kalibergroß, gleich ob sie Rippe gefaßt hatten oder nicht. Das verdammte Geschoß zerlegte sich nicht und wirkte wie Vollmantel. Aber hier war ich auf Rotwildjagd mit Stücken, die so um die 70 Kilo auf die Waage brachten, und nicht auf Büffelsafari.

Die Herren Berufsjäger begannen untereinander zu flüstern, auf Gälisch natürlich, der Höflichkeit wegen. Alles konnte noch Zufall sein, konnte aber mußte nicht an der Patrone liegen, es konnte auch die besondere Kondition des Stückes verursacht haben, schließlich hatte ich gleiches schon in meiner Jugend Blüte mit der alten Mannlicherin 6,5 x 54 auf Rehe erlebt.

Auf ging es zur nächsten Tat. Ach, was soll ich Sie langweilen und mich nachträglich noch mehr aufregen, als ich es jetzt schon getan habe. Aber was fange ich schon solch dumme Geschichte an, nun muß ich sie auch zu Ende bringen. Es war furchtbar, es blieb furchtbar: Was ich auch beschoß auf nah und fern, ob Kalb oder Schmaltier, ob junges oder altes Alttier, sie alle zeichneten entweder überhaupt nicht und gingen mit dem Rudel mit, bis sie mausetot zusammenbrachen. Oder sie taten es wie das erste Stück und standen und standen und schauten mich an.

Am dritten Tage fachten wir ein Feuer im Freien und grillten uns einen Lachs, an dessen Ende angekommen, schmiß ich alle meine Patronen in die Glut und wir uns in gute Deckung. Dort feierten wir mit Hurragebrüll die jeweilige Detonation. Mit der von da an geliehenen .243 Winchester schoß ich dann in den nächsten Tagen so gut – oder auch manchmal leider schlecht – wie ich das gewöhnt bin. Dem Zöllner von Hull taten meine verschämten Worte anläßlich der Rückreise sichtlich wohl. Mir aber ist seither – und Sie werden das verstehen – jegliche Freude am Gespräch über Laborierungen vergangen.

Jagen, das ist das Warten
auf Wunder

Manchmal geschieht es mir; daß ich auf dem Damm zwischen Lehmteich und Ententeich stehenbleibe auf meiner Morgenpirsche ins Revier. Vom Wasser kommt der Geruch nach Kalmus und Schilf, in der Fliederhecke vor dem verlassenen Kuhstall schluchzt die Nachtigall, auf dem Fluß paaken die Enten und weit hinten im Wald schreckt ein Reh. Dann kann es sein, daß ich in meinen Träumen versinke, mich an den Stamm einer der uralten Linden lehne und die Augen schließe. Und halb im Träumen und halb im Wachen schwingt in mir die Erinnerung.

Ich stehe am Mauertor zum Park hin, mühsam dreht sich der Schlüssel – einmal nach links gedreht mit der linken Hand, die Rechte greift auf die geheime Feder, der Schlüssel rutscht tiefer ins Schloß, zwei Drehungen nach rechts und mit sattem Schnalzen geht das Tor auf. Dann stehe ich auf der Brücke mit ihren sechs Figuren: Prometheus die erste, Ceres dann, Niobe, Zeus mit dem Strahlenbündel, daneben Hera, die Göttermutter, schließlich als letzte zum Park Amor mit dem Pfeil. So stehe ich dann, verschmolzen in erster Dämmerung mit dem grauen Stein, und auch da paaken die Enten im Burggraben und die Nachtigall singt im Flieder, der Kauz jucht in den Linden und manchmal, wenn der Wind von Osten kommt und es Frühjahr ist, höre ich die Birkhähne kollern.

Ich weiß es wirklich nicht mehr, hatte ich immer meine Waffe dabei oder ging ich nur hinaus, das Leben zu erforschen, zu genießen, tief einzuatmen, eins zu werden mit dem, was einmal mein Eigen sein sollte? Jagd und jagen war auch dies, Planung auch für den Sommer, den Herbst. Halb im Unbewußten zählte ich die Schoofe der vorbeifliegenden Enten, zählte auch die Zahl der abbaumenden Hähne, der über die Parkwege huschenden Kaninchen. Und blieb doch gefangen von allem dem, das mit Jagd nichts und doch so viel zu tun hat: Lauschen auf das Nie-Gehörte, schauen auf das Nie-Gesehene, warten auf das Nie-Erwartete. So endete dann der weitgeplante Pirschgang schon nach wenigen Metern in Träumen und Wachen und war doch ein Pirschgang nach meinem Herzen.

Und nun stehe ich hier zwischen Ententeich und Lehmteich, wie der Junge von damals, mit gleichem Hoffen und gleichem Bangen. Und das Rauschen der Blätter in den Linden und Eichen ist das gleiche wie früher; gibt Trost und Hoffnung und sagt: Wir sind Dein, wir sind Dein. Und 60 Jahre sind vergangen wie im Fluge.

Erst wenn die Schatten blasser werden, im Dorfe der Hahn kräht und im Osten die Morgenröte über die Bäume schleicht, erst dann wache ich auf aus meinem Traum, und die Wirklichkeit hat mich wieder, die kalte Gegenwart, die Unsicherheit der Zukunft und das Bangen vor dem, was sein wird.

Dann fasse ich meine Waffe fester und pirsche über die Brücke hinein in den weiten Wald, der mein war und wieder mein geworden ist und meine Blicke streichen über die rotüberhauchten Stämme und sind doch wie blind. Und erst als das alte eselsgraue Rottier mit seinem Kalb polternd vor mir davonbricht, wache ich auf. Ich bin wie erlöst von einem Alb und kann wieder lachen und mich freuen am Leben, das auf und ab geht und immer voll ist von Wundern, die nur darauf warten gelebt zu werden. Jagen, das ist das Warten auf Wunder, die Wahrheit werden.

Gepflegte Vorurteile

Niemand ist so ganz frei von Vorurteilen, auch dann nicht, wenn er sich heftig dagegen wehrt oder gar meint, er hätte keine. So manches Vorurteil pflegen wir sogar und hätscheln es, vor allem dann, wenn wir von der Sache wenig oder gar nichts verstehen und der Ansicht sind, daß das Vorurteil eigentlich keines sei, sondern der wohlerwogene Erfolg langen Denkens. Das gibt dann so ein prächtiges Überlegenheitsgefühl, das direkt wohltut. Man strahlt förmlich in der eigenen Vollkommenheit. Ich auch!

Lange Jahre war ich der Meinung, daß es ganz einfach unsittlich ist, in ferne Länder zu gehen, dort ein völlig fremdes Wild zu bejagen und dafür einen Haufen Geld auszugeben. Ein Wild, das man nicht kennt, soll man auch nicht jagen. Eine solche Jagd ähnelt zu sehr reiner Beutegier mit Totschießermentalität. Erste Zweifel kamen mir in einem recht unerfreulichen Gespräch, das ich vor langen Jahren mit Professor Grzimek in Kranichstein hatte, wo es um die Torheit der Errichtung eines Tropenwildparkes im Taunus ging. Im Zenith des Streitgespräches wurde Grzimek dann recht persönlich und griff in mir alle Jäger an, die in Afrika jagten. Er meinte mit erhobener Stimme, während draußen vor dem Schlosse die Bläser ihren Wettkampf ausführten, daß alle Afrikajäger, vor allem die Löwenjäger, sexuell verklemmte Wesen seien, die ihre unerfüllten Wünsche an den armen Tieren ausließen. Das Gespräch wurde daraufhin noch unerfreulicher, endete aber schließlich doch mit der Aufgabe des Taunusplanes. Mir aber blieb der Stachel der verklemmten Löwenjäger. Ich habe später einige dieser Exemplare kennengelernt, mit manchen bin ich sogar befreundet. Von Verklemmtheit habe ich nichts gespürt, im Gegenteil, sie waren zumeist fröhliche Leute mit ganz vernünftigen Ansichten in jeder Beziehung, und daß sie genug Geld hatten, sich die Freude einer Afrikajagd, vielleicht sogar auf die Big Five zu leisten, ist ja nun keine Charakterschwäche, mitunter sogar das Gegenteil davon. Ich hörte mir die Geschichten von Büffel- und Antilopenjagd an und fand das auch meistens ganz interessant, vor allem dann, wenn die Geschichten gut erzählt wurden. Aber der Reiz, es einmal selber zu versuchen, blieb aus. Mir fremdes Wild, für das ich nie etwas tat und das auch mir nichts getan hat, zu schießen, zu „töten" – wie ich es nannte – war mir zuwider. Und insgeheim – ja, ja, es stimmt schon – insgeheim habe ich mich über diese Afrikajäger erhoben und sie so ein klein wenig verachtet.

Neulich besuchte mich Klaus, ein guter Freund und alter Jäger, der viele Jahre lang in seinem vom Staatsforst gepachteten Revier sein Genüge gefunden hat und jetzt, aus Frust über das langsam aber sicher immer wildleerer werdende Revier, eine Jagdreise nach Namibia gebucht hatte. Klaus war um Jahre verjüngt, ja er strahlte förmlich Glück und Zufriedenheit aus und es brannte in ihm, mir zu erzählen von seinen Erlebnissen, mich teilhaben zu lassen an den Stunden, die so unvergeßlich schön waren.

Wer im Glücke lebt kann gut erzählen. Zwei Stunden lang hörte ich zu. Er berichtete von den Leuten, die er dort getroffen hatte, von Weißen und Schwarzen, von ihren Sitten und Gebräuchen, ihrem Leben im Alltag und nach Feierabend, der mühsamen Arbeit mit Vieh und

70

Garten, der ewigen Sorge um Wasser, das Leben ist. Der Dornbusch in Stacheln und Staub, die Felsen in ihren Farben, die Trockentäler mit ihren Tücken, ja, und die Sonnenuntergänge, die plötzlich einbrechende Nacht mit ihrem Gesang und ihren so fremden Lauten. Und dann wieder der erwachende Tag, das erste Rot am Himmel und die Farben, die es in die Steppe zaubert. Das Wild, das zur Tränke zieht oder von ihr kommt, müde von der langen Nacht und der Nahrungssuche. Natürlich, auf Jagd war er auch, jeden Tag, und geschossen hatte er eine ganze Menge, sogar ein rekordverdächtiger Kudu war dabei, schwere Schüsse, leichte Schüsse, auch vorbeigegangen war ein Schuß oder mehrere. Phantastische Jagdtage waren es, anstrengend, aufregend in Erfolg und Mißerfolg.

Und in mir wuchs langsam aber stetig die Scham. Jahrzehntelang also hatte ich nicht begriffen und nicht begreifen wollen, was es in Wirklichkeit ist, das den Jäger in ferne Länder zieht, fernes und fremdes Wild zu erjagen. Das ist also gar nicht die Beute, die sogenannte Trophäe, die es zu holen gilt, es ist vielmehr die Sehnsucht nach dem Neuen, dem Nie-Geschauten, dem Nie-Erlebten, dem Entdecken neuer Welten und mit ihm das Entdecken seiner selbst. Und dies Neue zu spüren, zu fühlen im Durst der Steppe, in der Kälte großer Höhen, in der Strapaze sonnendurchglühten Fußmarsches oder eiswindgefrorenen Steigens. Augen und alle anderen Sinne auf ein Ziel gerichtet, das man erreichen mag oder nicht erreicht, jagend also um zu jagen und nicht ausschließlich der Beute wegen, dies alles ist LEBEN. Jeder Herzschlag, jeder Schritt, jeder Tropfen Schweiß, der von der Stirn rinnt und jede Sekunde der letzten Anspannung kurz vor dem Ziel, dem Schuß, der Beute. Dies nicht zu erkennen: Was für ein Pharisäertum und welche Unwissenheit über die Weite der menschlichen Seele und über das, was Jagen bedeuten kann.

Der gute Ruf oder:
Versagen müssen!

Es ist schon wirklich ein ganz verrücktes Gefühl, nein ein besch… Gefühl, versagen zu müssen, noch dazu als Jäger versagen zu müssen, den guten Ruf aufs Spiel zu setzen, und alle werden sagen: Da geht er hin, der große Jäger, aber hier hat er gezeigt, daß er ein armseliges Würstchen ist. Wie war das?

Da hatte der Präsident zu mir gesagt, ich solle mich doch keinesfalls und um keinen Preis bestechen lassen, und der Herzog hatte gesagt, wenn er hörte, daß ich mich hätte einladen lassen zur Jagd auf einen Besitz eines seiner Freunde, dann wäre unsere Freundschaft zu Ende und seine Jagd für mich geschlossen. Und überhaupt, hatte mancher der jagdlichen Landesfürsten gemeint, bei den Kommunisten gehe man nicht auf die Jagd.

Ja, also da stand ich nun, kleiner Funktionär, vor dem allmächtigen Minister des Landes, in dem die Jagdausstellung stattfinden sollte, und der Herr Minister war außerordentlich huldreich. Er schenkte persönlich den Wodka ein, schob mir die Salami samt Messer über den Tisch, er breitete die Arme aus und sein Gesicht strahlte Wohlwollen aus.

„Und dann schießen Sie einen Hirsch, mein Lieber, einen Brunfthirsch ganz wie Sie wollen, Sie sind in allem mein Gast!" sagte es und schaute mich an und wartete auf den Ausbruch meiner Seligkeit.

Was in mir vorging, können Sie sich denken: Sagte ich nein, ich darf nicht, dann war nicht nur ich der Blamierte, sondern auch mein Land. Darüber hinaus würde man mir sämtliche Steine in den Weg werfen, die zu finden waren. Sagte ich ja, war meine Stellung in Gefahr, ich hätte auch gleich kündigen können.

Nun finden sich in meiner Ahnenreihe eine ganze Reihe brauchbar gewesener Diplomaten, die möglicherweise einige ihre Gene auf mich vererbt haben mögen. Vor allem hoffentlich jener ferne Ahnherr, der es verstanden hat, im Laufe seines Lebens vier verschiedenen Herren zu dienen und bei jedem sein Schäfchen ins Trockene zu bringen.

Da naturgemäß eine schnelle Antwort auf das Anerbieten des Ministers sehr geboten war, machte ich kurzen Prozeß damit und antwortete mit einem freudigen „Ja, Danke!"

Danach allerdings kamen die Skrupel haufenweise, ich hatte eine schlaflose Nacht, an deren Ende ich einen Entschluß gefaßt hatte, der das Vaterland und den Jagdverband retten sollte, mich aber in den Orkus aller Versager stürzen würde. Aber bitte glauben Sie nicht, daß ich mich wie jene alten Römer fühlte, die vor der Schlacht ihr „dulce est et decorum pro patria mori" (süß und schmückend ist es, für das Vaterland zu sterben) herbeteten. Ich fand die Sache weder „süß" noch „schmückend", sondern bitter und traurig. Und so ging es dann zu:

Da mein ministerieller Hirsch im äußersten Winkel des Landes stand, ich aber nur ein Wochenende zur Verfügung hatte, wurde mir ein einheimischer Fahrer samt uraltem VW zur Verfügung gestellt (so wahnsinnig wichtig war ich sehr zu meiner Beruhigung also wohl doch nicht!), der mich in rasender Fahrt über unsägliche Straßen zu einem komfortablen Jagdhaus brachte. Vor dem war die gesamte Jägerei der Gegend angetreten, den hohen Gast zu begrüßen. Das war schlimm, denn den gemeinsamen Anstrengungen von mehr als zehn Berufsjägern zu entgehen, schien fast ein Ding der Unmöglichkeit. Meine Sorgen lichteten sich ein wenig, als ich bemerkte, daß der Auftritt der Jägerei eigentlich mehr dem Konsum des Schnapses gewidmet war. Das machte den ersten Pirschabend völlig unmöglich, da Jagdgast und Jäger schon lange vor Sonnenuntergang volltrunken waren. Dabei hasse ich Schnaps, aber ich trank für Deutschland und den DJV.

Zur Morgenpirsch des nächsten Tages standen lange vor Tau und Tag zwei Rösser vor einem Jagdwagen, ein schläfriger Kutscher grüßte mit Peitschenschwung − jenem zierlich geschwungenen, aus dem Ellenbogen heraus gedrehten Zirkel, wie er in den österreichischen Stammlanden nach alter Tradition dem Gaste gebührt. Der zuständige Wildmeister hingegen war hellwach und inzwischen wieder hellnüchtern, er sagte klar und deutlich sein „Weidmannsheil, Herr Baron!" und freute sich sichtlich, diesen Titel aus dem Sprachschatz seiner Vorkriegserinnerungen herausholen zu können. Wenn ich Glück hatte, war er ein mitfühlendes Herz, wenn es nachher zur Katastrophe kommen würde. Ein Trost wenigstens.

Wir fuhren durch die Nacht in den Wald, durch den Wald, durch Sümpfe und Schilfwildnisse, ab und an blieben wir stehen und lauschten in den langsam erwachenden Morgen. Der war schwül und voller Gelsen und Mücken und alles andere als ein Brunftmorgen, aber so ist das eben manchmal in den Niederungen von Donau und Save. Irgendwann hörten wir mal einen Hirsch anstoßen, aber dabei blieb es, wir kamen als Schneider nach Hause.

Meine Stimmung stieg ein wenig.

Der Abend war, wenn das überhaupt möglich ist, noch gewittriger, es grollte ringsum an allen Horizonten, die Gelsen stachen wie verrückt und die blinden Fliegen erreichten sogar den Hochsitz, auf dem wir es uns leidlich bequem gemacht hatten. Die Hirsche schwiegen indessen restlos, vernünftigerweise. Die Nacht fiel herein mit einem kräftigen Gewitter um Mitternacht, das die Luft reinigte und etwas Kühle brachte.

Am nächsten Morgen schrien die Hirsche wie die Weltmeister überall im Walde, mir wurde sehr bange davon, die bittere Entscheidung nahte. Mein tüchtiger Wildmeister, mit dem mich bald eine gute Freundschaft verbunden hatte, ließ den Kutscher ganz andere Wege fahren, hinein in einen Riesenbestand von Edelkastanien und Nußbäumen, unterstellt mit einem Urwald von blühendem Goldregen, in dessen Gelb man das rotbraune Wild weithin sehen konnte, wenn es denn überhaupt in dem Gekräute zu sehen war. Es war aber, denn der Gewittersturm der Nacht hatte die Stengel heruntergedrückt, das Wild war bis an den halben Leib frei zu sehen, hatte das aber anscheinend noch gar nicht bemerkt, denn es hielt uns aus bis auf nächste Entfernung. Meine Furcht vor dem, was nun kommen mußte, stieg unermeßlich. Es kam dann auch nur zu bald: Nachdem wir verschiedene Rudel angefahren hatten, bei denen der Platzhirsch entweder zu jung oder zu gering war, kamen wir an ein Rudel nahe heran, dessen Hirsch dem Wildmeister genau der Richtige zu sein schien. Nie werde ich den Anblick vergessen, denn es war ein gewaltiger Zwölfer, alt genug, mit weiter Auslage und langen Augsprossen, der uns ganz vertraut anäugte, gewiß, daß er tief im Kraute verborgen sei. Ein Fehlschuß schien unmöglich.

Aber ich machte das Unmöglich möglich, hielt spannenbreit unter den Hirsch, ließ fliegen, und – Gott sei Dank – das Rudel setzte sich in Bewegung, der Hirsch hintendrein, spitz von hinten, und verschwand in den Büschen.

Mit der obligatorischen Nachschau am Anschuß verging
die Zeit, der Morgen war herum, ich mußte zurück in die
Hauptstadt. Vaterland gerettet, Jagdverband gerettet, selber bis auf die Knochen blamiert – dulce est et decorum
pro patria mori!

Im nächsten Jahr habe ich meine Stellung gekündigt.

Jede Zeit hat ihre Verbrechen...

...so auch die Jahre bald nach dem Kriege, in denen Waffenbesitz mit der Todesstrafe zu ahnden war. In jeder Zeit herrscht aber auch ein unbestimmbares Gleichgewicht zwischen Verbrechen und Strafverfolgung, also war man als Waffenbesitzer meist schlau genug, sich der Verfolgung zu entziehen und ging seiner Passion mit um so größerer Leidenschaft nach. Als Jäger und Gejagter zugleich.

Natürlich hatte auch ich eine Waffe, einen uralten Militärkarabiner ohne Fernrohr, versteht sich, dafür war die Visierung irgendwann einmal abgebrochen und mit Draht an Lauf und Vorderschaft wieder fest montiert. Das Ding schoß dennoch auf 100 Meter fast genau. Es soll nun von dem erstmaligen Gebrauch dieses Werkzeuges, vor allem aber nach erfolgreicher Tat von der mühseligen Heimholung der Beute berichtet werden. Die Sache ging so:

Damals war ich Forststudent in Hann.-Münden bei Göttingen. Meine Wirtin, die Witwe eines Revierförsters, hatte zwar eine Menge selbstgebrannten Zuckerrübenschnapses im Keller, aber – wie wir alle – nichts zum Beißen. Die Rationen reichten mal gerade bis über die Monatsmitte. Der guten Frau war nicht entgangen, daß ich im Wäscheschrank jene mit Todesstrafe bedrohte Waffe aufbewahrte, da sie aber ein Herz aus Gold hatte und einen Hunger wie ein Wolf, fand sie diesen Besitz nicht etwa kompromittierend, vielmehr stimmte er sie hoffnungsfroh und sie feuerte mich an, von meinen Möglichkeiten Gebrauch zu machen.

Nicht weit von Hann.-Münden hat nun ein Onkel von mir einen schönen Waldbesitz mit Rotwild und Sauen und dem großen Vorzug aus damaliger Sicht, daß der Wald nur von einem einzigen Forstweg erschlossen wurde, der leicht zu überwachen war. Mit dem Onkel wurde ich rasch handelseinig. Schoß ich ein Stück Wild, so sollte ich jedesmal einen Schlegel bekommen, das Übrige blieb bei ihm und seiner nicht minder hungrigen Familie.

Es war dann kurz vor Weihnachten 1947, in den Bergen rings um das Werratal lag tiefer Schnee. Das Rotwild war gewiß in die tieferen Lagen gezogen, die Jagd schien leicht. Ich band mein Gewehr in einen alten Sack und diesen längs an die Verbindungsstange des Fahrrades und fuhr die kleinen 15 Kilometer in den Wald des Onkels, traf ihn – wie verabredet – am Beginn des Forstweges, wo er Wache gehalten hatte und mir erklärte, daß die Luft rein, das heißt, von den Amis keine Spur. Ich könne ungestört in die Hänge des Kalbkopfes hineinpirschen. Dort, südseitig und warm, wäre mit ziemlicher Sicherheit mit Rotwild zu rechnen, vor allem in den Altbuchen, die im Herbst reichlich Mast geschüttet hätten. Sprach's, winkte mir zu, sagte Weidmannsheil und ging nach Hause.

Des Windes wegen mußte ich den Kalbkopf umgehen, um von hinten, von Norden her, in ihn einzusteigen, schaffte dies auch ungesehen und ohne etwas vom Wilde zu sehen, stieg in knietiefem Schnee schließlich bis auf die höchste Höhe und arbeitete mich, die liebe Abendsonne im Rücken, langsam nach Süden vor. Dort fand ich Fährten und Betten, wurde vorsichtig und immer vorsichtiger, schlich von Baum zu Baum, und als ich über

80

einen der kleinen Felsbuckel kam, da saß vor mir das Hirschrudel zwischen den dicken Buchenstämmen. Es schlief oder kaute wieder und nur ein einziger geringer Hirsch stand dösend und breit wie auf dem Scheibenstand und äugte hinunter ins Tal. Ich habe keine langen Ansprechübungen gemacht, sondern die Büchse an meiner Buche angestrichen, Maß genommen und den Hirschen aufs Blatt geschossen, daß er nur noch einige wenige Fluchten nach unten machte und polternd zusammenbrach.

So, da lag er nun, richtig geschossen auch noch, ein ungerader Sechser vom zweiten Kopf. Ich brach ihn auf, verblendete ihn mit Schnee, versteckte mein Gewehr in einem Douglasienhorst, wanderte zu meinem Fahrrad und kam, ein fröhliches Lied auf den Lippen, nach kurzer Zeit im Hause des Onkels an.

Meine gute Nachricht erzeugte zunächst eitel Freude, dann aber erhebliche Bedenken, denn es möchte schwierig werden, die große Beute ungesehen und unverfänglich ins Haus zu bringen, das die Familie mit zahlreichen Flüchtlingen teilte. Großer Familienrat also, in dem die Tante endlich die Lösung fand: Es sei ja, so sagte sie, keinerlei unnütze Eile geboten, der Hirsch läge im Schnee wie in einem Eisschrank, man könne also getrost bis zum morgigen Nachmittage warten, unter Tage laut und deutlich verkünden, daß man eine Schlittenpartie vorhabe, auch zum Zwecke der Heimholung eines Weihnachtsbaumes und zahlreichen Tannengrüns, auch manch kleinerer Bäume für die Mitbewohner. Alles sähe dann harmlos und friedlich aus. Den Schlitten würde man dann hinter dem Hause abstellen, in finsterer Nacht schließlich den Hirsch unter dem Tannengrün hervorholen und im Keller verarbeiten, einkochen, einfrieren, zu Schinken salzen. Die Tante hatte gut gesprochen, etwas Besseres wußten wir auch nicht.

Den Vormittag des nächsten Tages verbrachten wir, unauffällig aber dennoch geschäftig, mit den notwendigen Vorbereitungen: Messer schleifen, Kochtöpfe bereitstellen, Weckgläser putzen, Salz beschaffen – selbst das war damals gar nicht so einfach –, den Schlitten herrichten, die Pferde putzen und das Geschirr mit den Schellen fetten. Am Nachmittage könnte die Lustreise beginnen.

Wir fuhren in zahlreichen Schlangenlinien durch das Revier, schnitten hier ein paar Fichtenzweige, schlugen dort einen Weihnachtsbaum, der Boden des Schlittens füllte sich mehr und mehr, die Tante saß auf dem Bock und lenkte die Pferde, der Onkel rauchte einen seiner grauenhaften Stumpen nach dem anderen und ich gab den Weg an, der uns ganz allmählich dem Hirsch näher führte. Es dämmerte stark, als wird endlich am Ort der Tat ankamen, die Zweige aus dem Schlitten warfen, Hirsch und Büchse am Boden verstauten und die Ladung wieder verdeckten. Wie die Zündhütchen saßen der Onkel und ich auf dem Hirsch, kamen mit Schellengeläut und einem Weihnachtslied auf den Lippen am Hofe an, versorgten die Pferde und erklärten, daß die Verteilung von Weihnachtsbäumen und Grün am nächsten Morgen stattfinden solle. Alle waren zufrieden, es wurde dunkel, die Nacht fiel herein.

Als wir sicher waren, daß jedermann im Hause schlief, schlichen wir uns wieder hinaus, luden den Hirsch ab,

legten die Zweige wieder an ihre Stelle und zogen den
Wildkörper in den wohl abgedunkelten Keller, wo wir bis
in die frühen Morgenstunden unermüdlich arbeiteten,
schnitten, hackten, kochten, weckten, salzten, und erst als
der Hahn krähte, fielen wir in die Betten, zu Tode er-
schöpft.

Schaue ich mir heut, nach so vielen Jahren, das Geweih des Hirschleins an der Wand an, dann schließe ich manchmal die Augen. Ich höre wieder das Schellengeläut am Geschirr der Pferde, ich sehe die Tante im dicken Pelz auf dem Bock des Schlittens sitzen und ich rieche fast überdeutlich den unerträglichen Duft der Stumpen des Onkels. Ach, wenn doch alle Verbrechen so harmlos wären und in nichts anderem endeten als in einem totenähnlichen Schlaf, dem wohlverdienten Schlaf des Gerechten.

Inoffizielle Randnotizen

Jede Angelegenheit, und sei sie noch so ernst, hat ihre komischen oder skurrilen Seiten. So auch die große Jagdausstellung in Nürnberg im Jahre 1986, deren Katalog von dergleichen Dingen nichts vermeldet. Ich will das jetzt, nachdem alles und jedes verjährt ist, nachholen.

Auf Wunsch des DJV war ich damals für fast zwei Jahre vom Forstdienst freigestellt worden und diente vielen Herren als Koordinator für die Vorbereitung und schließlich auch die Abwicklung der Ausstellung. Meine Arbeit bestand darin, die Vorstellungen und Wünsche der Aussteller mit den technischen und finanziellen Möglichkeiten der Veranstalter zu koordinieren, insbesondere mich auch um die 23 ausländischen Vertretungen zu kümmern und die Bewertung der Trophäen zu organisieren. Einige besondere Vorkommnisse aus dieser Arbeit seien heut dem Vergessen entrissen:

Da war jener südosteuropäische General, der eine wichtige Funktion in der Bewertungskommission innehatte, vor dessen Exzentrizität man mich schon lange vor seiner Ankunft gewarnt hatte. Also beschloß ich, den Stier bei den Hörnern zu packen und ihn persönlich vom Flugplatz abzuholen. Rechtzeitig am Schalter für Arrivals angekommen, bemerkte ich einige schwarz-blau-rasierte Herren, die gleich mir dort warteten, finster vor sich hin brüteten und unter den Armen nur zu deutlich die Beulen im Holster getragener Pistolen zeigten. Ich hielt mich vorsichtig in gebührendem Abstand. Als der General, unverkennbar an seiner Überlänge, im Ausgang erschien, stürzten die Finstermänner auf ihn zu, um ihn in ihre schützende Mitte zu nehmen. Auch ich machte einige zaghafte Schritte in seine Richtung. Als der Würdenträger mich sah, schrie er einen Schwall Unverständliches auf seine Begleiter ein, woraufhin diese sich geziemend zurückzogen, der General aber mit ausgestreckten Händen auf mich zukam, mich umarmte und eine gewaltige Fahne von Wodka von sich gab. Dann fragte er nach meinem Mercedes und war sichtlich ungehalten, daß es nur ein Ford sei, mit dem ich ihn zu transportieren gedachte, wurde aber versöhnlicher als er hörte, es sei ein Cabrio.

Die Pistolenmänner trugen derweil das Gepäck und wurden dann barsch davongeschickt, nach Bonn zurück in die Botschaft. Sie hatten, drei Mann an der Zahl, in der Tat nichts anderes getan, als des Generals Koffer zu tragen. Im Auto machte es sich der Herr bequem, verweigerte es, sich anzuschnallen und fragte mich ungesäumt, ob ich denn auch Soldat gewesen sei. Als ich dies bejaht hatte, wurde er sichtlich größer im Sitz, drehte sich zu mir und sagte mit Stentorstimme, nun denn, also da müsse ich Angst vor ihm haben, er sei General. Der Verkehr war recht dicht, also sagte ich, ohne hinzusehen, nein, Angst hätte ich nicht, vor niemandem eigentlich, sicher nicht vor einem General. Das verstimmte ihn sehr, und er meinte – nun mit noch mehr erhobener Stimme – ich müsse aber, denn er sei ein sehr berühmter General. Meine Antwort war nun wiederum sehr enttäuschend für ihn, so daß er nach kurzem Überlegen mich auf die Schulter tippte und fast zischend hervorstieß, daß er im Kriege Partisan gewesen sei und viele Deutsche erschossen habe, das reiche doch wohl jetzt dazu, daß ich Angst

86

bekäme. Es reichte mir in der Tat, aber anders als sich der General vorgestellt hatte. Ich machte eine Vollbremsung, fuhr nach rechts zwischen die Alleebäume und drehte mich zu ihm hin, vermutlich mit hochrotem Kopf vor Wut: „Sie können von wahrhaftem Glück sagen, General," sagte ich, jede Silbe betonend, „Sie können von Glück sagen, daß ich im Kriege nicht in Ihrem Lande war, denn dann lebten Sie heute nicht mehr!" Sagte es und verstummte und hatte meine Ruhe bis zum Hotel und bis zum nächsten Tage, an dem er zu mir kam in mein Büro, um sich zu entschuldigen mit der Menge des getrunkenen Wodkas und Whiskys während des Fluges. Von da an bestand zwischen uns so etwas wie ein Waffenstillstand.

War dieses Ereignis weniger komisch, so war es ein anderes um so mehr: Es entstand nämlich ein edler Wettstreit zwischen Rumänien und Bulgarien, besser gesagt, zwischen den „großen Jägern" Ceausescu und Schiwkoff, wer von den beiden den weltbesseren Bären geschossen habe. Bärenfelle werden so bewertet, daß man ihre Länge über alles mißt und ihre Breite an der schmalsten Stelle hinter den Vorderläufen, dazu kommen dann noch Schönheitspunkte für Glanz und Haar. Die letzteren waren bei beiden „Weltrekordbären" gleich, nicht aber die Breite. Nun entstand ein zunächst noch harmloser Streit der beiden Experten, der den Zuschauern jedoch erhebliches Vergnügen verursachte, denn die beiden würdigen Herren wälzten sich auf der Erde herum, mit aller Macht am Bärenfell zerrend, in der Hoffnung, es etwas dehnen zu können. Es war wie beim olympischen Zehnkampf: Mal hatte der eine einen Zentimeter gewonnen, mal der andere, letztlich aber kam die Messung immer wieder auf ein Unentschieden heraus. Nun mochte es ja sein, daß die Herren Experten von ihren Machthabern mit grausamen Strafen bedroht worden waren, wenn sie es nicht schaffen sollten, den Weltrekord zu erobern, der Wettstreit jedenfalls ging vom Heiteren allmählich in bitteren Ernst über. Die zunächst noch gemurmelten Flüche und versteckten Drohgebärden nahmen deutbare Formen an, das gegenseitige Verstehen indessen blieb gering, denn der eine argumentierte auf Rumänisch, der andere auf Bulgarisch. Dann gaben sich beide einen Ruck und plötzlich verstand auch ich die Flüche, denn nun wurde der Kampf auf Deutsch ausgeführt, ein Wunder der Linguistik, denn bisher hatte keiner der Herren auch nur ein einziges Wort dieser Sprache verstehen wollen. Aber sie sprachen sie absolut fließend, ihr Repertoire war unermeßlich, der Sinngehalt der Worte hätte selbst ein im Dienst ergrautes Marseiller Hafenmädchen erröten lassen — ich habe mordsmäßig dazugelernt. Wie der Streit auch ausging, irgendwer entschied schließlich, gewonnen hatte auch ich, denn von Stund an mußte ich mein spärliches Französisch nicht mehr strapazieren, wenn ich mit den südosteuropäischen Vertretungen sprach, die Herren hatten sich für immer verplappert. Als die Ausstellung nach leider zehn viel zu kurzen Tagen ihre Pforten schloß, mußte der Abbau binnen 48 Stunden erfolgen. Überall klappte es fabelhaft, nur die Tschechen und die Rumänen saßen noch in ihren Hütten und der Zoll in ihrem Nacken. Die Lastwagen mit den Ausstellungsgütern wurden nämlich im Ausstellungsgelände kontrolliert und verplombt, um die Zollbeamten zu entlasten.

Nun wußte ich, daß die Tschechen ganz gewaltig eingekauft oder eingetauscht hatten und deshalb sicher mit den Zöllnern größte Schwierigkeiten haben würden, während die Rumänen, arm wie die Kirchenmäuse, mit Sicherheit keine Zollware mit sich führten, ihr Verweilen schien mir rätselhaft. Als erstes ging ich zum tschechischen Pavillon, denn in der Halle war niemand zu sehen und außerdem – die Tschechen hatten ein herrliches Pilsener Bier dabei, vielleicht war noch ein Rest vorhanden. Vor dem Pavillon angekommen, hörte ich drinnen Stimmen, öffnete die Tür einen Spalt breit und sah, und sah, na was wohl: Da saß die ganze tschechische Ausstellungsleitung fröhlich im Biere vereint mit einer Schar munterer Zollbeamter und vor ihnen auf einem Fernsehschirm rollte ein harter Porno ab, so daß ich schnell und diskret die Türe wieder schloß. Eine gelungene Vorstellung im wahrsten Sinne des Wortes, denn alsbald sah ich den Abbruch des Pavillons und das schleunige und ungestörte Verschwinden der Lastwagen, wohlverplombt und ungeschröpft.

Bei den Rumänen herrschte Weltuntergangsstimmung, man ließ sie nicht ziehen, denn das Lkw-Gewicht war gegen das Ankunftsgewicht um mehr als eine Tonne gestiegen, also mußte versteckte Ware vorhanden sein, ein Ding der Unmöglichkeit. Der Chef de mission kam händeringend zu mir – er sprach wirklich leider nur französisch –, erklärte mir das Dilemma und erflehte meine Hilfe. Der Oberzöllner indessen blieb hart und verlangte die vollständige Leerung des Lkw, was die Rumänen einen vollen Tag gekostet hätte, und sie hatten absolut kein Geld mehr für diesen Mehraufenthalt. Da erinnerte ich mich der Tschechen und fragte den Rumänen, ob er wohl, wenn schon keinen Porno, dann doch wenigstens noch einige Flaschen des vorzüglichen Slivowitz bei sich hätte als Marschverpflegung. Als er dies bejahte, wurde mir schon wohler, ich nahm mir den Oberzöllner beiseite, hieß den Rumänen den Slivowitz holen – acht Flaschen – und erinnerte angesichts der lockend ausgestellten Flaschen den Zollmenschen an das, was ich bei den Tschechen sehr gut und deutlich gesehen hatte. Diese versteckte und ungemein diplomatische Drohung – mein Ahnenerbe war voll durchgebrochen – hatte prompte Wirkung. Der Zöllner zückte ein schmieriges Büchlein, strich darin herum und erklärte, ein lüsternes Auge auf den Schnaps gerichtet, daß ganz offenbar bei der Einfuhrwaage etwas nicht gestimmt haben müsse, die Sache sei in bester Ordnung, die Rumänen dürften ziehen, wohlverplombt, versteht sich.

So zogen sie auch alsbald dahin, ohne die stammesgewohnte Marschverpflegung, aber dennoch frohen Herzens. Wie schön ist es doch, daß bei diesem von uns Deutschen so bitterernst genommenen Metier der Jagd mitunter auch Sternstunden ungetrübter Fröhlichkeit unseren Alltag erhellen.

Straßenfest für einen Totverbeller

Die Dickung in den Forstorten Schnepfentränk und Bärenmarter im Forstamt Nürnberg wird nur von einem einzigen schmalen Fahrweg durchzogen, dafür aber von zahlreichen Gräben und Wässerlein, die tief eingeschnitten sind. Aus denen heraus werde ich das Totverbellen meines Hundes kaum hören, wo auch immer ich mich am Rande dieser unendlichen Wildnisse aufhalte und lausche.

Vier Stunden warte ich schon, vier Stunden lang habe ich an der Stelle gestanden, an der mein Hund verschwand, bin dann weit nach Osten gefahren, um gegen den Wind zu lauschen, wieder zurück an die Ausgangsstelle, habe dort meinen Mantel hingelegt, habe den ganzen 300 Hektar großen Komplex umschlagen, habe gepfiffen und gerufen. Und nun habe ich aufgegeben, bin ins Büro gefahren, völlig verzweifelt, mit Gott und der Welt zerfallen. Verfluchte Totverbellerei, von der man nichts hört, wenn der Wind geht! Nie wieder, nie, werde ich einen Hund noch einmal darauf abrichten. Wie einfach war das doch mit der Lady oder der Bianca, die Totverweiser waren und mich zum Stücke zogen, wenn sie gefunden oder es abgetan hatten. Arme Ondra, wo soll ich dich suchen, wie lange wirst du ausharren, und wenn du aufgibst nach Stunden oder Tagen, was wirst du dann tun? Fast sechs Kilometer vom Haus entfernt, die Bahnstrecke dazwischen und die Bundesstraße, Herrgott, diese verdammte Totverbellerei!

Vorwerfen kann ich mir auch nichts, eigentlich. Es kam alles so schnell, so völlig ohne Vorankündigung, vollkommen unverhofft.

Wie immer hatte die Ondra, mein kleiner Drahthaar, neben mir gesessen auf dem Beifahrersitz des Cabrio, von wo aus sie die Fahrten durch den Wald so sehr genoß. Und wie wir dann durch die Schnepfentränk fuhren, ganz langsam, denn ich sah mir an, ob und wie der Laubholzstreifen am Wegrand geläutert worden war, da wurde doch unmittelbar vor uns aus dem Graben dies blöde Reh hoch. Ein Reh mit schlenkerndem Hinterlauf und krummen Rücken, und die Ondra sprang über mich hinweg aus dem Fenster und dem Reh nach mit Jiff und Jaff, und weg war sie und das Geläut verlor sich irgendwo nach Westen hin.

Bei einem gesunden Stück hätte sie das nie getan, keiner meiner Hunde wäre auf die Idee verfallen, gesunde Rehe zu hetzen, der Teufel hätte sie geholt. Aber bei krankem Wild war das anders, da waren sie nicht zu halten, kein Pfiff, kein Triller hätte sie gehalten. Sie sahen es dem Stück an, ob es krank war, sie rochen es natürlich auch, aber manchmal sahen sie es, sie sahen es aus ihrem Instinkt heraus, auch, wenn ich nichts, gar nichts erkennen konnte. Da war mal der Hase, den die Bianca am Waldrande auftat und der abging wie völlig gesund. Aber der Hund hetzte ihn an trotz meines Trillers und war fast eine halbe Stunde lang verschwunden. Und dann kam sie und brachte den Hasen und beim Zerwirken fand ich ein einziges Schrotkorn im schon vereiterten Gescheide. Oder das angefahrene Reh in Bruchtorf, das beide Hunde zugleich in der Dickung witterten, und Lady, die Alterfahrene, und Bianca, die Junge, sie rasten hinein in die Dickung von meinem Fuße weg und hatten nach kurzer Hetze das arme Tier erlöst. Und dann kamen sie alle beide, schweifwedelnd, daß der ganze Hund wie ein Fragezeichen aussieht vor Glück, faßten mich am Ärmel und zogen mich hin.

Und heut, heut habe ich einen Totverbeller, der am Stück bleibt bis der Uhu ruft, mein Gott, wie sag ich's meiner Frau, daß die Ondra weg ist.

Ich fuhr wieder hinaus in den Wald, zum Mantel hin – nichts – pfiff, rief, sinnloses Mühen am Tage mit allen diesen Nebengeräuschen von Fliegern und Autos aus nah und fern. Die ganze Familie muß in der Nacht ran, wir müssen die Dickung umstellen und rufen und pfeifen, dann wird sie schon kommen. Irgendwann muß ihr das doch langweilig werden am kalten Reh.

Nichts ging, bis lange nach Mitternacht haben wir gerufen und gepfiffen, nichts ging. Und auch am nächsten Morgen war der Mantel leer und voller Tau. Alle Tierheime haben wir angerufen, die Polizei verständigt, eine Annonce in unser Blättchen gesetzt – nirgends eine Antwort. Und jedes Klingeln des Telefons brachte Hoffnung, und jedesmal war es eine Enttäuschung. Und wenn wir überhaupt schliefen, dann nur im leichten Halbschlaf und schaurigen Träumen. Kennen Sie das, können Sie sich das vorstellen?

Der zweite Tag verging und die zweite Nacht, der dritte Tag brachte nichts Neues, keine Nachricht, keinen Anruf. In der dritten Nacht ging das Telefon, die Polizei war dran, Hoffnung, Jubel fast – aber nein, eine Sau war auf der Autobahn überfahren worden, ich sollte die Reste bergen. Eine Stunde Ablenkung wenigstens mit Absichern der Stelle, mit dem Versorgen der Trümmer, der stinkigen Wildwanne. Doch am Heimweg schon holten mich die Sorgen ein: Soll ich noch einmal hinausfahren, noch einmal rufen, trillern, irgendwie mich durchkämp-

fen in der Dickung, mitten hinein, wo die tiefen Wasser-
risse sind? Sinnlos, und ich suche meine Abfahrt ins
Dorf, fahre nicht in den Wald, fahre nach Hause. Vor der
Garage liegt ein Bündel, ein grau-braunes Bündel, eine
Vollbremsung mache ich, und das Bündel erhebt sich und
wedelt und kommt angelaufen und ist meine Ondra.

„Ondra, Ondra!" rufe ich, wir umarmen uns und wälzen
uns vor Glück miteinander auf dem Beton, und meine
Frau hört mich oder das Auto und kommt. Und die Kinder kommen, und in der Straße wird ein Lärm von Wie-
dersehensfreude, daß die Lichter angehen bei den
Nachbarn und schläfrige Stimmen fragen, was denn los
sei bei uns, um Himmels willen. „Ondra ist da! Ondra ist
da!" rufen wir, und mitten in der Nach wird daraus ein
Straßenfest im Pyjama mit Bier und Sekt und einer bringt
ein paar Semmeln und der Hund wird gefüttert und ge-
streichelt von 100 Händen und schläft uns ein mitten im
Streicheln.

Am nächsten Tag fahren wir miteinander hinaus in die
Schnepfentränk, die Ondra kommt an den langen Riemen
und sucht voran in die Dickung hinein, fast zwei Kilometer weit bis zu dem tiefsten aller Gräben, mehr als vier
Meter tief ist er mit ganz steilen Rändern, und da liegt
das Reh, abgetan, und neben dem Reh eine tiefe Wühl-
stelle im Sand, in der hat die Ondra die Tage und Nächte
verbracht und auf mich gewartet und nach mir gerufen
und ich konnte sie nicht hören, keine 200 Meter weit
hätte ich sie hören können aus diesem Loche heraus.

Da habe ich mir geschworen für alle Zeit: Nie wieder einen Totverbeller, der nicht auch verweist, einen lauten Verweiser also. Aber es hat mich ein volles Jahr Arbeit gekostet, bis ich die Ondra dahin gebracht hatte und jede der vielen Nachsuchen uns beiden zur Freude wurde.

Des einen Glück...

...kann des anderen Schmerz werden, eine banale und alltägliche Erkenntnis. Wer sie aber schon früh im Leben erfährt, der wird sie mit sich tragen über alle Zeit, sie wird ihn prägen und oft sein Handeln bestimmen.

In der Blattzeit des Jahres, in dem ich meinen 14. Geburtstag feiern sollte, sagte sich der spätere Generaloberst von Kleist bei uns an, die Herbstmanöver des Jahres 1938 vorzubereiten und einen Bock zu schießen, auf den ihn mein Vater bei dieser Gelegenheit eingeladen hatte. Peinlich war es, daß Vater ausgerechnet in jenen Tagen zu einer unaufschiebbaren Sitzung mußte, der Förster als halber Nichtjäger zum Führen von Gästen völlig ungeeignet war und der Heger Jahr, mein Mentor und Lehrmeister, mit schwerer Grippe im Bette lag. So blieb die Sache an mir hängen, und ich werde nie das Gesicht des Generals vergessen, als ihm meine Mutter ein wenig händeringend erklärte, daß sein Weidmannsheil an den Fahr- und Führkünsten eines halbwüchsigen Burschen hängen mußte.

Die erste Fahrt war dann auch danach: In schwüler Luft ging ein leichter und beständiger Nieselregen nieder, von Brunft war keine Rede, wir sahen nicht ein einziges Reh, dafür stachen die Bremsen wie verrückt und der Excelsior, vulgo Pojatz, ging mit mir durch, daß ich ihn erst auf einem frisch gegrubberten Gerstenfeld wieder an den Zügel bekam.

Der nächste Abend sah uns wieder selbander durch die Felder fahren. Der Regen rann immer noch, stärker als gestern, dazu war es windig geworden. Schlimmer konnte es nicht kommen!

In dem riesigen Haferschlag, dem Oberhoffeld, stand endlich auf einer Lagerstelle ein müder und nasser Bock. Er stand mitten im Felde, mindestens drei Büchsenschußweiten vom Fahrweg entfernt. Das Glas zeigte ein Korkenziehergehörn, gut lauscherhoch, dick, schwarz und gut geperlt, ein „rares Stückl" hätte der Jahr gesagt. Inzwischen ist so was ja hoffähig geworden, vor allem in Ungarn, die Rehe mitten durch die stehende Frucht anzufahren, damals war dies ein Sakrileg, unter normalen Umständen hätte ich dafür die Ohrfeigen meines Lebens bekommen, wäre ich so mir-nichts-dir-nichts durch den Hafer gefahren, nur eines Rehbockes wegen, und hätte für zehn Mark Schaden verursacht. Ich aber nahm mir ein Herz, sah den tropfnassen General hinter mir, sah seine Enttäuschung, hörte die Vorwürfe der Eltern, wollte endlich irgendein Ergebnis, auch wenn es schlecht war.

Ich drehte den Pojatz im rechten Winkel vom Wege ab und fuhr den Bock an, schräg an ihm vorbei haltend und in der Hoffnung, daß ihm die Bedrohung durch Pferd und Wagen weniger schlimm sei, als durch eine Flucht in das triefnasse Getreide noch nasser zu werden als er schon war.

Es klappte, es klappte! Der Bock hielt aus, mit erstaunten Lichtern folgte er meinen Fahrkünsten, der Gast machte sich und seine Büchse fertig, eine Wendung nach scharf rechts, daß die Rücklehne der Gig als Auflage dienen

konnte, ein leichter Zug an den Zügeln, das Pferd stand –
„rammengleich" hätte mein Vater gesagt. Der Schuß fiel,
und Gott sei Dank, der Bock lag im Feuer.

Glückselige Heimkehr von Gast und Führer, Lob von
allen Seiten, Stolz schwellte die Brust. Mich hielt es nicht
im Hause, naß wie ich war, nahm ich das Fahrrad, fuhr
hinaus zum Hegerhaus, meinem Lehrmeister zu erzählen,
ihn teilhaben zu lassen an meinem Glück. Der lag im
Bette und kein Kommentar, kein Lob, keine Frage kam
über seine Lippen, still und stumm lag er dort und erst,
als ich fast fertig war mit dem Sturzbach meiner Erzäh-
lung, da sah ich es: Vater Jahr weinte und die Tränen
liefen ihm über das faltige Gesicht und das Schluchzen
ließ seine Schultern zucken, bis er sich zur Wand hin
drehte, daß ich in namenlosem Erschrecken verstummte.
Und mit dem Gesicht zur Wand, leise und wie mit er-
stickter Stimme, kam es dann: „Geh Friedel, fahr heim,
es ist alles, alles vorbei!" Und ich ging hinaus und fuhr
nach Hause wie im Traum, unglücklich, verzweifelt.

Am nächsten Morgen in aller Frühe meldete sich der Heger bei meinem Vater, gefaßt und sicher inzwischen, und
hatte seinen Entschluß gefunden: „Meine Lehrprinzenzeit
ist vorbei, Herr Baron, ich kann nichts mehr tun, der
Friedel ist ein fertiger Jäger!" und wollte von Dank nichts
wissen und ging hinaus mit gebeugtem Kopf, ein müder
alter Mann. Es dauerte lange Zeit, bis wir wieder zuein-
ander fanden wie in alter Zeit.

Aber ich habe dabei gelernt, Achtung zu haben vor dem,
der eine lange und schwere Arbeit getan hat und erfolgreich beendet und plötzlich erkennen muß, daß ihm

nichts mehr zu tun bleibt an dem, das ihn so ganz und vollkommen gefangen genommen hatte, und nichts anderes mehr ist in ihm als eine furchtbare, eine unausfüllbare Leere.

So nahe beieinander liegen namenloses Glück und namenloser Schmerz.

Schaujagd

Meinem Ururgroßvater war eigentlich eine glänzende diplomatische Karriere am Sächsischen Hof vorbestimmt, mit weniger als 25 Jahren war er schon Sondergesandter in Wien mit dem Portefeuille eines Ministers. Ganz plötzlich aber nahm er seinen Abschied, zog sich auf das väterliche Gut in Schlesien zurück und setzte tief drinnen im Walde eine bronzene Tafel in den Fels:

0 beata Solitudo
0 sola Beatitudo

Unter dieser Tafel war ein schmales Band im Stein, dort hat er stundenlang gesessen und die glückliche Einsamkeit und die einsame Glückseligkeit genossen.

Wie Saulus war es ihm ergangen: Ein Blitz aus heiterem Himmel hatte ihn in Wien getroffen, das Gedränge und Getriebe der Menschen ekelte ihn an von einem Tage zum anderen und all sein Tun schien ihm eitel und ohne Sinn.

Glücklich ist, wer sich ohne Sorgen um das Materielle auf sich selbst und in sich hinein zurückziehen kann. Wir, die Spätgeborenen, haben nur selten solch Glück und sind in den Lauf der Zeit gebunden. So mußte ich, widerwillig aber gehorsam, der Einladung Folge leisten, an einer Jagd teilzunehmen, bei der ich keinen Menschen kennen würde, bei der aber das Aufgebot an Jägern und Rundfunkleuten und Fernsehmenschen apokalyptischen Umfang annehmen würde, denn es war eine Ministerjagd

angesagt in Verbindung mit gleichzeitiger publikums-
wirksamer Demonstration jagdlicher Vollkommenheit
und Notwendigkeit.

Wie ich das hasse! Wie ich es hasse, immer wieder be-
weisen zu wollen, daß das, was man als Jäger tut, gut und
edel ist. Daß man ja eigentlich nur jage, um Wald und
Feld vor der Vernichtung durch das überhandnehmende
Wild zu retten, ein menschenbeglückendes, notwendiges
Übel sozusagen, bierernst und mit der Überzeugungskraft
einer Klosettbürste vorgetragen.

Ich jage, verdammt noch mal, weil es mir Freude macht
zu jagen, immer noch, immer wieder.

Aber diese Jagd machte mir keine Freude, doch ich
packte Flinte und Hunde in mein Auto und fuhr los zum
Stelldichein. Dort ging es fürchterlich zu, na ja, wie erwartet: Hohen und höchsten Herren, die man sonst nur
auf dem Bildschirm sieht, durfte ich artig die Hand geben
(einer von ihnen fand meine Hunde „arg putzig"). Nicht
aber den sie begleitenden Leibgardisten, die finster aus
grüner Wäsche schauten. Fernsehleute und Menschen
vom Rundfunk waren da (die wollten meine Hunde streicheln, wurden aber angeknurrt), es waren auch sonst allerlei Flintenträger dabei (einen kannte ich, er sah
verzweifelt aus, wie wohl auch ich), und dann natürlich
noch eine Menge Treiber (die waren alle gewaschen und
frisch rasiert und waren vor Neugierde ganz leise und
erschreckend nüchtern). Ach ja, und Hunde hatten manche der Herren auch mit, die waren alle von feiner Rasse
und sahen sehr gepflegt aus (die meisten miefzten vor
Aufregung und hatten die Schwänze weggesteckt).

102

Zur rechten Zeit wurde gewaltig geblasen und der Hohe
Jagdherr gab die Kriegsartikel bekannt, nämlich daß auf
alles geschossen werden dürfe, was der Jagdschein er-
laubt, Fernsehleute und Journalisten ausgenommen, und
daß jeder für seinen Schuß verantwortlich sei, was sich ja
wohl von selbst versteht und dummes Zeug ist. Dann
wurde wieder geblasen und schon ging es los, vom Fleck
weg wurde die Streife über die Felder ausgelaufen.

An meine Sohlen hefteten sich: ein Fernsehauto, ein Ka-
meramann, ein Beleuchter mit starker Lampe, ein Tonin-
genieur, zwei Assistentinnen und ein Mann mit
Reservekamera, dazu natürlich ein Regisseur, der die
Verantwortung trug und scharf zu meiner Linken ging,
um mir − wie er sagte − die notwendigen Regieanwei-

sungen zu geben. Ich war sehr verunsichert, die Hunde aber fanden die ungeteilte Aufmerksamkeit der Korona sehr schön und waren besonders von den Assistentinnen angetan, die mit Plätzchen um sich warfen.

Dann bliesen die Hörner das „Langsam antreiben!" und alsbald ging in der Ferne ein Hase hoch, so etwa auf Artillerieschußweite. „Schießen Sie doch!" rief der Regisseur und wollte kaum glauben, daß eine Flinte eben leider nur 40 Meter maximal trägt. Dann kam eine Kette Hühner im Bogen zu mir hergeschwenkt, eines schoß ich, daß es vor mir auf den Acker fiel, das andere beschossene freute sich über meinen Fehlschuß. „Hunde los!" schrie der Regisseur, aber das Huhn lag ja vor unseren Füßen, also warum sollte ich? Aber ich fand keinerlei Verständnis: Dies sei keine übliche Bauernjagd, wie ich sie wohl gewöhnt sei, dies sei eine Ministerjagd mit höchstem publikumswirksamen Auftrag, und ich hätte zu tun was man mir sagte, dieser Film würde schließlich eine Ehrenrettung der Jagd, dazu bundesweit ausgestrahlt.

Also gut, ich schnallte die Hunde, es ging gerade durch einen Gründüngungsschlag, da standen sie dann auch bald vor, ein Fasan ging hoch und ich schoß ihn auf den Popo. Die Bianca brachte ihn vorschriftsmäßig, setzte sich und gab brav aus. „Nochmal", schrie der Regisseur, „Sie haben zwischen dem Hund und der Kamera gestanden!" Also wurde der Hahn ausgelegt, die Bianca holte ihn, ich stand quer zur Korona, das ganze Treiben mußte anhalten, denn bis der Hund von allen Seiten abgenommen war, verging natürlich viel Zeit. Dann ging es endlich weiter. Ich schoß einen Hasen oder zwei, genau weiß ich es nicht mehr, aber dann: Da kam ein einsamer Fasanenhahn die ganze Schützenkette entlang gestrichen. Wissen Sie, so mit dem Wind und von oben nach unten drückend, D-Zug-schnell. Es entstand ein Feuersturm sondergleichen, denn der Vogel passierte fast alle Schützen, aber alle schossen weit hinterher. Die Schüsse meines Nachbarn müssen ihn aber irritiert haben, denn er wendete ein wenig und kam mir direkt von vorn, gar kein schwerer Schuß, wenn man den Bogen raus hat. Also schoß ich ihn „in die Fresse" wie mein unfeiner Onkel Wietersheim gesagt hätte, aber in Schlesien redete man halt so. Bauz, fiel er runter, Hurragebrüll der Fernsehleute, Film ab aus zwei Kameras, die Lady brachte diesmal, Gottlob, das Treiben ging zu Ende, ich war völlig fertig. Ging hin und bat den Jagdherren um einen bescheidenen Stand beim nächsten Treiben, weit hinten am Rückwechsel des zu erwartenden Waldtriebes. Dies wurde mir freudig gewährt, wohl vor allem deshalb, weil die Frontschützen ohnehin nur aus hohen Herrschaften zusammengesetzt waren.

Dies Treiben ging also weg von mir, ich hatte herrliche Ruhe, die Fernsehleute waren alle vorn, denn dort konnten sie aus dem Stand filmen, die ganze Jägerreihe entlang. Es muß frustrierend gewesen sein. Man hatte nämlich die hohen Herren entlang des Flusses gestellt, auf den hingetrieben wurde, mit der Folge, daß die Fasanen, die reichlich vorhanden waren, wenn sie überhaupt getroffen wurden, in den Fluß fielen und eilends von der Strömung davon getragen wurden. Das aber erfuhr ich alles erst, nachdem einer der Leibwächter mit einem Motorrad zu mir gebraust gekommen war, mich und die Hunde zu holen, denn — so sagte er tatsächlich — die „Politikerhunde" wollten nicht in den reißenden Strom und die ganze Jagd drohte zu einer Art Antidemonstration zu werden.

Also raste ich los, kam auch am Flusse an, wo eine peinlich schweigende Menge Leute standen, dazu die schönen Hunde mit wieder oder noch immer eingekniffenen Schwänzen. „Helfen Sie, bitte helfen Sie!" rief der unglückliche Jagdherr. Nun ist das nicht Jederhundssache, Fasanen aus einem einbetonierten Flusse zu holen, an dem nur alle 200 Meter ein Einstieg vorhanden ist. Meine Hunde fanden das aber gar nicht so schlimm, sie sahen so manchen Fasan auf den Sandbänken angetrieben, andere hingen in Weidenbüschen, weitere sollten am jenseitigen Ufer geflügelt verschwunden sein.

Ich schickte sie nacheinander mit der Strömung ins Wasser, rannte zur nächst tiefer liegenden Einstiegstelle, und sieh da, jedes der lieben Tiere brachte einen Hahn, beklatscht und gefilmt. Acht oder zehn Fasanen holten wir aus dem Wasser, dann schickte ich die erfahrenere Lady ans jenseitige Ufer, wo sie eine Weile herumsuchte, einen geflügelten Hahn fand und sauber apportierte. Applausstürme überschütteten ihre Rückkehr. Dies wiederholte sich noch zweimal, dann hatten wir das verlorene Wild beisammen. Der Tag war gerettet.

Am Abend beim Schüsseltreiben wurden neben vielen anderen Reden, die des Gedächtnisses nicht wert sind, auch eine ganze Reihe Toaste auf die Hunde ausgebracht. Der Herr Minister befahl, die beiden auf den Festtisch zu setzen, wo sie ein anderer Minister — ich glaube es war der Landwirtschaftsminister — mit Regensburger Würstchen traktierte. Als ich merkte, daß es den Hunden anfing schlecht zu werden, habe ich mich französisch empfohlen, es war aber doch leider nicht früh genug, denn sie haben mir fast alle Regensburger Würste ins Auto gespien.

Nun zum Abschluß bitte ich Sie, nicht etwa zu glauben, ich hätte diese Geschichte aus menschlich verständlicher Eitelkeit geschrieben, das ist nicht wahr. Ich schrieb sie ausschließlich nur, um Sie zu warnen vor Fernsehleuten und Ministern auf der Jagd, denken Sie immer an den Wahlspruch meines Ururgroßvaters: O beata Solitudo, o sola Beatitudo – das Glück des Jagens liegt in der Einsamkeit, im Alleinsein mit sich und der Stille.

Führer und Geführte

Bei der Revierjägerprüfung in Bayern gibt es ein Nebenfach, in dem mit den Lockrufen das Führen von Jagdgästen geprüft wird. Um den Stumpfsinn einer Prüfung ein wenig aufzulockern und sie so praxisnah wie nur möglich zu gestalten, hatten der Esterl Konrad und ich uns einen wahrhaft teuflischen Plan ausgeheckt: Ich sollte den möglichst dämlichen Jagdgast spielen, den der Prüfling zu führen hatte, während der Konrad in einer Dickung einen Brunfthirsch nachahmte, den es mit allen Mitteln der Kunst herauszulocken galt.

Die Sache ging dann so vor sich, daß ich mit dem Prüfling ein gutes Stück in die Berge verschwand, während Esterl sich in der darunter gelegenen Dickung versteckte. Oben im Berg erklärte ich dem jungen Anwärter, daß ich ein völlig unerfahrener Jagdgast der Staatsregierung sei, nun schon drei Tage vergebens mit ihm gepirscht und gesessen hätte, und jetzt seien wir auf dem Heimweg von der Morgenpirsch in Richtung Hütte. Er solle nur vorausgehen, dann würde er schon merken, was kommt.

Als wir dann über der bewußten Dickung angekommen waren, fing der Esterl Konrad ganz leise drin zu knören an und sandte dann einen so richtig sehnsüchtigen Schrei zu uns hinaus, daß es spätestens dann den Prüfling fast von den Beinen riß, während ich ruhig weiterlief, möglichst durch Dürräste oder sonstwie Krach verursachend.

Mein Führer mußte mich dann so schnell wie möglich in Deckung bringen, aus der heraus ich auch einigermaßen schießen konnte, und mußte nun das ganze Repertoire seiner Lockjagdkünste ziehen, um den Esterl Konrad zum Zustehen zu bewegen. Machte er es einigermaßen gut, so kam der Konrad langsam näher, machte er es schlecht, so empfahl er sich von hinnen. Daß ich mich während der ganzen Prozedur so dämlich wie nur möglich benahm, versteht sich von selbst. Aber alle miteinander waren wir glücklich, wenn sich endlich die Randfichten bewegten, der Konrad mit hoch erhobenen Händen erschien und der Prüfling sein „Schieß!" zischen konnte.

Jahrelang und mit vielen jungen Leuten haben wir diese Art der Prüfung zum Prüfungsteil Lockjagd miteinander durchgeführt, so daß ich im Laufe der Zeit selbst so viel hieraus lernte, daß mir bei der Führung von Jagdgästen nichts Menschliches mehr fremd war. Was Wunder auch, denn ich habe Abgeordnete und Minister, einen Bundestagspräsidenten und einen wahrhaftigen Ministerpräsidenten geführt, und die Mehrzahl benahm sich so, wie ich es im Spiel um die Prüfung einstens selber getan hatte.

Und nun galt es: Im fremden Land, in unbekanntem Gelände, auf mir ziemlich fremdes Wild – und neben mir mein Neffe mit zweitem oder drittem Jagdschein, und die Zähne klapperten ihm vor Jagdfieber schon, bevor es noch losging. Ich weiß, ich war mit 18 Jahren genauso gewesen.

Wir pirschten von meiner Hütte am Atlantik, die mir vor einigen Tagen zugewiesen worden war, durch die Rhododendron am Fuße der Hügel zwischen Strand und Felsen entlang, der Atlantik rauschte, der Wind sang in den Eichen und im Farn. Dazwischen ertönte der Schrei eines

Sika weit, weit vor uns. Dieser wiehernde Schrei, an den ich mich nie gewöhnen konnte, zu fremdländisch ist er mir, dieser wilde, fordernde, obszöne Schrei.

Halt, sagte ich zu Harald, setzen wir uns, warten wir auf den nächsten Schrei, denn es hat keinen Sinn, jetzt loszustürmen, vielleicht zieht der Hirsch nur umher und hat kein Wild bei sich, dann ist es sinnlos zu pirschen, wir würden nur Unruhe bringen. Hat er aber Wild bei sich, dann wird er von der gleichen Stelle her wieder schreien, dann wissen wir Bescheid, dann können wir gehen.

Sika sind schreifaul, wir mußten lange warten, aber als dann endlich der nächste Schrei kam von der gleichen Stelle wie vorhin, da wußte ich, was zu tun war und vergatterte erst einmal meinen jungen Jäger: „Du gehst nur hinter mir her, du läßt deine Waffe gesichert, so lange bis ich dir den Schuß freigebe, du sagst keinen Ton, es sei denn ich frage dich etwas, und du trittst nicht mit deinen Nagelschuhen auf Steinen herum oder Fallholz, sondern immer auf Moos oder Gras, und wenn ich zische, dann schmeißt du dich hin, ganz egal, ob da ein Wasserloch ist oder ein spitzer Stein." Und Harald nickte mit grünem Gesicht vor Aufregung.

Die Pirsche in dem schönen Lande Argyll in Schottland ist nicht so ganz einfach, wenn sie durch den Urwald aus Farn und vom Winde krumm und schief gebogenen Eichen führt. Dazu noch überall die dicken moosbewachsenen Felsbrocken und der allgegenwärtige Rhododendron, der manchmal so dicht ist wie eine Mauer. Selten nur hat man mal einen weiteren Ausblick, fast immer muß man

110

damit rechnen, daß man in das Wild hineinrennt, fast immer braucht es einen ganz schnellen Entschluß.

Solch eine Pirsche ist ein Vorwärtsschleichen, ein sich-winden um Fels und Strauch. Wir kamen ganz gut voran, hatten den offenen Atlantik und damit den Wind immer zur Linken, mußten nur etwas nach rechts ausholen, um mehr gegen den Wind zu pirschen. Alles gelang gut, doch dann hörte ich plötzlich die Wellen direkt vor uns an Fel-sen klatschen, es mußte da also eine Bucht ins Land hin-ein sein. Und gerade von dorther kam wieder ein Schrei, jetzt nah, keine 100 Meter entfernt.

Ich zischte, und Harald versank im Farn und sein Gesicht schien grüner als sein Hemd. Ich bedeutete ihm liegen zu bleiben, kroch allein nach vorn, suchte nach einem Aus-blick auf den Strand, nach einem Moosbuckel oder be-wachsenem Stein zur Auflage. Ich fand einen solchen Buckel, kroch darauf zu, blinzelte darüber hinweg: Da stand der Hirsch, halb verdeckt hinter einer schmalen und nur mannshohen Reihe verkrüppelter Birken, war ein alter Bursche mit vier Enden rechts und drei Enden links – alt genug, schußbar.

Ich kroch zurück, sagte Harald, was er zu tun habe, sah, wie er den Lauf der Waffe über den Buckel schob, sah wie die Mündung wackelte wie ein Lämmerschwanz, sagte: „Ruhe, Ruhe, Atemholen," sah, wie ihm der Schweiß über das Gesicht lief trotz der steifen Brise, sah, wie sich der Finger am Abzug krümmte. Der Schuß brach, ich sprang auf, sah den Hirsch, der mit krummen Rücken nach rechts zog, langsam, mühsam. Rief: „Schieß doch!" Aber der Junge war wie gelähmt, von übermächtiger Aufregung gelähmt, unfähig zu repetieren. Ach, wie ich das kenne aus eigener Erfahrung meiner Jugend, man hört nichts, man sieht fast nichts mehr als das verschwindende Ziel, man kann nichts gegen diese Starre tun, gegen diese unendliche Enttäuschung, gegen das Gefühl, versagt zu haben.

Aber der Hirsch hatte die Kugel, irgendwo weich. Er durfte keinesfalls in die Rhododendron entkommen, wo jede Nachsuche zur Qual, zur fast hoffnungslosen Mühe werden mußte. Also riß ich meine Büchsflinte hoch, ging mit dem Sika mit und zwischen Wasser und schützendem Dickicht erreichte ihn der Fangschuß.

„Harald!" rief ich, „dein Hirsch liegt, wir haben ihn!" Wie aus tiefer Trance kam der Junge zu sich, sah mich mit leeren Augen an, erfaßte plötzlich die Wahrheit, stürzte an mir vorbei, hin zum Hirsch. Ein überglücklicher Mensch.

Was gibt es schöneres für einen alternden Jäger, den Jüngeren zu führen, zu leiten, zu Schuß zu bringen, ihm zu helfen, aus eigener langer Erfahrung Erfahrung sammeln zu lassen? Zu sehen und zu erleben, wie jemand Jäger wird, ein glücklicher, ein dankbarer Jäger. Und das Gefühl, selbst vielleicht etwas verpaßt zu haben, ist begraben und verschwunden hinter und unter dem Glück des anderen. Welch heilsame Lehre für so viele Situationen im Leben!

Ruhezone

Der Park in Horscha wurde in den Jahren 1732 bis 1734 von vier Schwestern der Familie von Spiller angelegt, vor allem aber der Ältesten von ihnen, der Erdmuthe von Hartig, geb. von Spiller. Diese erwarb dann auch schließlich das Gut samt Mühle und Park von ihren Schwestern.

Das Eigentümliche und Besondere an diesem Parke ist nicht nur seine Größe von mehr als 35 Hektar, sondern vor allem anderen die Tatsache, daß er der erste Landschaftspark nach englischem Stil war, der in Deutschland begründet wurde. Mehr als 100 Jahre vor dem weltberühmten Muskauer Park. Das zweite Besondere ist, daß die vier Schwestern der Hernhuter Brüdergemeinde des Grafen Zinzendorf anhingen und die Anzahl der Einzelbäume in den Gruppenpflanzungen stets zu Dreien, Achten oder Zwölfen wählten, den „heiligen Zahlen" also, Erbauung und Mahnung zugleich. Drei kleine Teiche entstanden außerdem noch in dem spreewaldähnlichen Gewirr von Wassern, drei Inseln wurden aufgeschüttet oder durch Abgrabungen geschaffen, drei uralte Eichen und Ulmen wurden aus dem vorhanden Auwald in die Neupflanzung übernommen. Lediglich der Burgberg, eine Düne inmitten des Parkes, wurde unverändert belassen mit seinen Buchen, Ulmen und Linden. Unter denen harren die Reste der im Dreißigjährigen Kriege zerstörten Wasserburg noch immer der Ausgrabung, lange schon vom Sand bedeckt oder für andere Bauten verwendet.

Mein Urgroßvater erwarb um 1850 den Besitz, hegte und pflegte den Park und pflanzte dem Geschmack der Zeit entsprechend viele seltene Bäume: Christusdorn, Tulpenbaum, Gefiederten Eschenblättrigen Ahorn, einige Robinien und hier und dort eine Oberlausitzer Tieflandfichte, alle nun auch schon fast 150 Jahre alt.

Kurz vor dem Kriege wurde die ganze Anlage unter Naturschutz gestellt, nach dem Kriege für Brennholz ausgebeutet und schließlich wieder unter Schutz gestellt, um nun über 40 Jahre lang einen Dornröschenschlaf zu halten. In dieser Zeit sind die weiten Durchblicke mit Erlen zugewachsen, auf den Teichdämmen bollwerkt die Birke, die Wiesen wurden zu einem Urwald von Goldraute, Mädelsüß und Lattich, die Solitärbäume sind unter einem Dschungel von Anflug fast versteckt.

Aber die Einsamkeit des Ortes hat auch ihr Gutes gehabt: Auf dem Burgberg ist einer der besten Brunftplätze des Revieres entstanden, in den versteckten Wasserläufen lebt der Otter, in den zahlreichen hohlen Bäumen nisten die Schellente, die Hohltaube und unzählige Fledermäuse. In den Wiesen stolziert der Storch und auf den toten Ästen der vom Wasser losgespülten Eichen und Buchen sitzt der Seeadler und wartet auf leichte Beute. Rehe leben im Dschungel der Goldrauten und Damwild zieht auf den Teichdämmen entlang, vom Walde her kommend und auf dem Wege in die riesigen Getreideschläge der Agrargenossenschaft.

Über 100 Jahre lang ist im Parke kein Schuß gefallen, er war ein Sanktuarium für alles Wild, das so vertraut in ihm war, daß wir von der Terrasse unseres Hauses oft genug am hellen Tage beobachten konnten, was sonst nur in tiefer Dämmerung zu sehen war. Bald wird es wieder so sein wie früher, daß ich meinen Freunden die Brunft der Hirsche am Burgberg zeigen kann. Noch aber sitze ich in dieser Septembernacht allein am Hochufer des Flusses, weit über dem Wind, der von den Feldern her kommend sich am steilen Hange bricht und nach oben in die Kronen der Eichen gelenkt wird. Ich sitze am Fuße der hohlen Eiche, in der wir als Kinder spielten – jetzt käme ich nicht mehr durch das Schlupfloch in den Stamm hinein. Ich sitze seit Stunden schon und der Wind rauscht über mir in den gelben Blättern, er murmelt in den Erlen am Bach, er singt in den Nadeln der Fichten, er redet zu mir in vielen Sprachen und sagt doch immer wieder das gleiche: Heimat!

Und ich sitze und warte auf die erste Bewegung vor mir auf der mondbeglänzten Wiese, den ersten Schrei von drüben her, vom Burgberg. Ich sah das Reh vorüberziehen, ich hörte den Ruf des Reihers, das Plätschern der Enten im Fluß. Ich roch den Geruch nach Wasser und Fischen, nach fernen Kartoffelfeuern, nach Moor und Heide und faulendem Eichenlaub und ich warte auf den unverkennbaren Brunftgeruch, der mit dem Winde zu mir herüberziehen wird, irgendwann in dieser Nacht.

Und plötzlich ist Leben drüben zwischen den Bäumen, es knackt und knistert, es rauscht und streicht an Ast und Zweig. Das Rudel ist da. Verhalten knört der Hirsch im Schatten der Bäume. Ein Stück zieht auf die Wiese, das Alttier erst, dann auch das Kalb. Noch ein Tier, noch eines, und der Hirsch tobt unter den Buchen, das Fallaub raschelt, Dürrholz bricht. Dann sprengt er das brunftige Stück in die Wiese hinaus, folgt ihm ungestüm, umkreist sein kleines Rudel, bleibt vor der dicken Eiche, die lange

116

schon unter Denkmalschutz steht, im Mondschatten stehen, schreit, zieht aus dem Schatten heraus, ganz frei jetzt in der silberbeglänzten Wiese. Ein Vierzehnender ist es, ich kann sogar die Kronenenden zählen, so hell ist es, fünfe links, viere rechts. Ja, den Hirsch kenne ich, zu Bartholomae sah ich ihn in diesem Jahre zum ersten Mal. Im letzten Büchsenlicht zog er vor mir über die Kultur hinter seinem Tier mit Kalb, ein Hirsch vom achten, höchstens neunten Kopf mit tiefdunklen Stangen und langen Enden in der Krone, die wenig Weiß zeigten. Im Jahr davor hatte er zum ersten Male ein Rudel geführt, auch damals schon im Park, aber damals war im heißen Sommer das Gras so dürr, daß er sein Wild über den Mühlgraben führte bis dicht ans Dorf heran in einen Grünfutterschlag. Und er hatte einen sehr lästigen Beihirsch dabei, einen fast gleichalten Zwölfer, der ihm sehr zu schaffen machte. Das gab dann ein solches Getöse von Kampf- und Sprengrufen, daß die Leute nicht schlafen konnten in zehn Nächten und sich bitter beklagten, daß keiner von den Jägern die verdammten Hirsche verscheuchte. Aber wir freuten uns über dies wilde Leben und ich saß Nacht für Nacht am Gartenzaun und schaute dem Treiben stundenlang zu.

Der Hirsch vor mir schreit hin und wieder, manchmal treibt er das brunftige Stück, er beschlägt es, er steht und döst, umkreist dann wieder sein Rudel, lauscht zum Dorfe hin, wenn dort die Hunde bellen. Aber allmählich kehrt Ruhe ein, ein Stück nach dem anderen bettet sich, schließlich tut sich auch der Hirsch nieder, Frieden ist überall.

Ich sitze und schaue und lausche. Ich lausche auch in mich hinein und die Gedanken kreisen in Vergangenheit und Gegenwart und Zukunft. Mit meinem Vater gehe ich wieder in tiefer Nacht zur Pirsch auf den Auerhahn, den er zwei Stunden später schoß, und die Birkhähne im Moor machten dabei einen solchen Krach, daß man nur mit Mühe den Hauptschlag hörte, als wir den Hahn ansprangen.

Mit dem geliebten Onkel Ernst, dem Husarenoberst aus Braunschweig, pirschte ich an meiner Eiche vorbei, es ist Blattzeit und er will mir das Blatten beibringen. Und obwohl er die seltsamsten Töne aus dem Buchenblatt herauslockt, es springt dennoch ein Bock und er schießt ihn dreimal vorbei, daß die Tante wenig später völlig verzweifelt angelaufen kommt in der Annahme, ihr geliebter Ernstl sei mit Wilderern in ein Gefecht gekommen. Und dort drüben auf dem Platz unter den alten Buchen spielte der „Tennisbaron" Gottfried von Cramm mit meinen Vettern und mit Vater und ich durfte den Balljungen machen – was war ich stolz!

Dann war Krieg, nur noch sporadisch bei seltenem Urlaub kam ich hierher, floh vor den Menschen mit dem Boot in den hintersten Winkel des Jablonkteiches, mochte nicht jagen und schießen nach all dem Töten an der Front, nahm letzten Abschied im November 1944 und streichelte damals die rauhe Haut meiner Eiche, fest in der Annahme, es sei das allerletzte Mal.

Und nun sitze ich doch wieder hier und fahre mit der
Hand ganz zart über die Borke an meiner Seite. Vor mir
ruht das Wild in mitternächtlicher Stille. Die Enten im
Fluß rufen, warnen und streichen laut paakend davon. Ein
Pfiff ertönt aus dem Wasser, ein Klatschen und Plätschern, das ist der Otter. Und das Wild kommt auf die
Läufe, halb erschreckt und halb verwundert, der Hirsch
knört verhalten, treibt das Rudel in den Schutz der Eichen, die Wiese ist leer, die Nacht schweigt, nur der

Wind flüstert noch in den Blättern. Täuscht mich sein Reden, lügt er mich an? Ist es wirklich Heimat, was er mir singt? Heimat, zurückgekauft unter Verzicht auf vieles, was lieb war und sicher? Oder sagt er nur: „Narr, du Narr, du dummer elender Narr, der du meinst, wieder anfangen und anknüpfen zu können, wo du vor 50 Jahren aufhörtest zu leben und zu lieben?"

Und ich stehle mich davon mit gutem Wind, und jeder Schritt ist Hoffnung, ist Wille, ist Trotz, ist endlich Gewißheit, denn dies ist mein Land, meine Erde und sie hält meine unzerreißbaren Wurzeln.

Abschied ist ein bißchen Sterben

Das Herrenhaus Hofgården mit seinen uralten, vielbesungenen Linden war über Jahrhunderte hin ein Jagdsitz der Wasakönige, die von dort aus in den Sümpfen und Mooren der Umgebung auf die Reiherbeize ritten. Das Schloß hat in der letzten Zeit häufig den Besitzer gewechselt, in meinen schwedischen Jahren gehörte es meinem Freunde Gustav Hedmark. Auch er hat verzweifelt versucht, aus Moor und Wasser und völlig unzugänglichem Wald sein Leben zu bestreiten, und ist an den gegebenen Umständen gescheitert. Der Besitz nämlich setzt sich zusammen aus fast 6000 Hektar Wasser- und Schilfflächen des Tåkern, einem Flachsee, über den Bengt Berg sein schönes Buch „Der See der wilden Schwäne" geschrieben hat. Dazu rund 1000 Hektar Verlandungsflächen, die seit Urzeiten mit Grauerlen bewachsen sind und einigen um das Haus liegenden Feldern, die ebenfalls ehemaliger Seegrund waren und nur in trockenen Jahren eine mäßige Ernte versprechen. Es ist also hoffnungslos, auf diesem Moorgut auch nur annähernd sein Auskommen finden zu wollen.

Ich hatte das große Glück, an und auf dem Tåkern für mehr als ein halbes Jahr leben, arbeiten und jagen zu dürfen. Zunächst auf Vermittlung der Forsthochschule, Dekanat Jagdkunde und Wildbiologie, später dann als Forst- und Jagdeinrichter von Gustav. Meine erste Aufgabe bestand darin, den Besatz von Höckerschwänen zu zählen und zu vermindern, eine Arbeit, die mir nach kurzer Zeit so sehr mißfiel, daß ich sie hinwarf und damit die Freundschaft von Gustav gewann, die sein leider viel zu kurzes Leben angehalten hat. Die einzige positive Erinnerung an die Schwanenjagd ist die, daß ich seither weiß, wie gut Jungschwäne schmecken und daß man sie auf vielfältige Weise herrlich zubereiten kann. Das nüchtern poesielos, ja fast barbarisch betriebene Abschießen der überzähligen Schwanenfamilien aber wurde mir zum Alptraum, der mich noch heute mitunter quält.

Kurzum, im frühen Sommer hatte ich die Arbeit für die Hochschule hingeworfen. Gustav freute sich, ich durfte ins Schloß einziehen und bekam den Auftrag, seinen Wald einzurichten und gleichzeitig alle notwendigen Vorbereitungen für die große Entenjagd zu treffen, die traditionsgemäß am letzten Wochenende im September stattfand. Dann nämlich, wenn die Entenscharen aus dem Norden heruntergezogen waren, um noch einige Wochen oder Tage auf dem warmen See zu bleiben und auf den Feldern zur Äsung zu gehen. Um letzteres mit Sicherheit zu gewährleisten, wurde ein größerer Weizenschlag nicht geerntet – sicherlich nicht zur Freude des Geldbeutels, aber „Weißt du," sagte Gustav, „diese Enten sind doch viel schöner als das dumme Getreide, sie bringen mir Freunde und Freude, und mit den Freunden vielleicht auch Kredit!" Armer Gustav, auch die Enten haben auf die Dauer nicht das Unmögliche vollbracht.

Meine Arbeit im Walde war ebenso einfach wie sinnlos: Mit Hilfe von zwei Mann, die mit Motorsägen bewaffnet wurden, legte ich kreuz und quer in den Urwald Gassen hinein, die Waldblöcke von je 20 Hektar voneinander trennen und der Erschließung und damit Nutzung des Holzes dienen sollten. Diese Arbeit war, da sie fast immer im Moor stattfand, nur mit hohen Gummistiefeln zu bewerkstelligen, ging aber ebenso schnell voran wie das Aufmessen des Holzvorrates und die Herleitung des möglichen Hiebssatzes. Möglich wäre der Hiebssatz schon gewesen, aber das Herausbringen des Holzes aus dem Sumpf war schließlich teurer als der Erlös — und Grauerle mochte sowieso kein Händler kaufen. Aber das alles wußte ich damals nicht und Gustav lebte in Illusionen. Heut hat der Urwald meine langen Forstschneisen längst wieder verschluckt und die Elche ziehen ungehindert durch Jagd und sonstige Störung ihre Fährte in undurchdringlicher Wildnis.

Zwei Tage in der Woche zeichnete ich die Schneisen aus und werkelte mit Bussole und Höhenmesser, fünf Tage lang lag ich auf dem See. Vier lange, unvergeßliche Monate lang in unendlicher Einsamkeit in wisperndem Schilf und leise plätschernden Wellen.

Ich hatte ein flachbordiges Ruderboot mit kleinem Außenbordmotor zur Verfügung. Beil und Säge dazu, Flinte und Fernglas, ein Vogel-Bestimmungsbuch mit dem Tagesproviant in der Fischkiste, und „Tumme Lisa" und „Kiron", die beiden Vorstehhunde, als muntere Begleitung.

Jeden Tag hatte der See ein anderes Gesicht. Schien die Sonne und schlief der Wind, dann glänzte sein Wasser wie Silber, das Schilf stand wie Mauern und die Luft drückte schwer. Ging ein leichter Wind, dann raunte und rauschte das Wasser. Es gluckste und perlte auf und ab an den dicken Stengeln des Rohrs, an den kleinen weißen Steinen am Rande der unzähligen weidenbewachsenen Inseln. Der Vogelzug wurde lebhafter und das Singen der

Schwingen der vielen Enten mischte sich mit dem schnarrenden Laut des Drosselrohrsängers. Ging gar ein Sturm oder kam ein Sommergewitter über die Omberge her, dann brauste und heulte der See, das Schilf bog sich tief zum Wasser hin, Gischt sprühte aus kurzen steilen Wellen und ich mußte zusehen, so schnell wie nur möglich einen geschützten Platz zu erreichen und mein Boot an Schilf oder Gestrüpp anbinden.

Meine Arbeit der ersten Wochen war recht beschaulich und bestand aus nichts anderem als zu beobachten, wie und wo bei den verschiedensten Wettern der Hauptzug der Enten verlief. Auch Enten folgen wie alles Wild bestimmten Gesetzen des Hin und Her von Ruheplatz zu Nahrungsplatz, ihre Zuwege sind abhängig von Wind und Deckung, von wechselndem Nahrungsangebot und störungsfreien Schlafplätzen. Irgendwo kreuzen und schneiden sich diese Luftwechsel und verdichten sich zu für den Jäger aussichtsreichsten Stellen. Nach vier Wochen etwa wußte ich Bescheid und begann, an diesen Kreuzungspunkten flache Plattformen in den Seegrund zu rammen und mit Schilf zu verblenden. Pfähle waren zu transportieren, schwache Balken und viele Bretter für 16 Stände, weit verstreut über die ganze Fläche des Sees. Mitte September war ich fertig damit. Es war auch Zeit dafür, denn die Zahl der Enten nahm von Tag zu Tag zu, daß sich am Abend fast der Himmel verfinsterte, wenn sie in die Felder zur Äsung strichen.

Am Jagdtage stach eine Flottille von Ruder- und Motorbooten lange vor Sonnenaufgang in See, auf jedem der Stände wurden zwei Jäger abgesetzt, die Boote mit den Bootsführern, die am Tage als Treiber eingesetzt werden

124

sollten, versteckten sich in einer Bucht, bis der Morgenstrich beendet war. Von da an fuhren sie nach ausgeklügeltem Plan alle Buchten und Schilfleger ab, bis dann gegen elf Uhr die Schützen abgeholt und die Nachsuchen begonnen wurden.

Am Abend stellten wir uns im Halbkreis in das Weizenfeld in sorgsam gegrabene Schützenstände, die gerade so tief waren, daß man darin bis etwas über die Hüften Deckung hatte und sich beim Herannahen der Enten unter herabgebogene Halme bergen konnte. Mit der Dämmerung kamen die Enten zu tausenden, es war, als ob sich der Himmel verdunkelte. Die Jagd war ein voller Erfolg, noch nie war die Strecke so hoch gewesen.

Meine Arbeit war am nächsten Tage beendet, die letzte auf der Nachsuche gefundene Ente schloß meine Aufgabe ab. Noch einmal ruderte ich weit auf den See hinaus — und zum ersten Mal in meinem Leben überfiel mich nach vollendeter Arbeit jenes Gefühl unendlicher Leere, das mich später nie mehr verlassen hat, wenn nach der Jagd die Felder leer und ohne Hoffnung auf kommende frohe Stunden vor mir lagen.

Denn mit dem Ende des Jagdtages und dem Jubel der Hörner geht auch ein Stück meines Lebens zu Ende, unwiederbringbar, unwiederholbar, schrecklich endgültig. Partir c'est mourir un peu — und das Leben und die Jagd sind lauter Abschiede, je älter du wirst, desto mehr.

Schnepfen sind herrliche Vögel...

...vor allem dann, wenn man sie mit reichlich Butter, trockenem Weißwein und südlichen Kräutern sehr langsam im Rohr gedünstet hat. Voraussetzung für diesen Genuß ist allerdings, daß man sie im Walde auch antrifft, sauber herunterschießt und dann vom Hunde finden und bringen läßt.

Vor den Schnepfenbraten haben die Götter also allemal eine Menge Unwägbarkeiten gesetzt, tückisch sogar sind sie mitunter und voller Hohnlachen. Manchmal, aber leider nur selten, gießen sie das ganze Füllhorn der Liebe über uns hungrige Jäger aus.

Von beiden Möglichkeiten will ich berichten. Da lud mich vor langen Jahren ein alter Freund, Forstmann gleich mir, der einen bekannt guten, ja berühmten Pointer führte, dazu ein, mir und meinen Münsterländern eine anständige Quersuche im Feld beizubringen.

Es war Ende März, die Hühner waren verpaart, ein sanfter und feuchter Wind strich über die Saaten, über denen Kiebitze spielten. Es war für Mensch, Jäger und Hund eine Lust zu leben.

Mitten in unserer Morgenarbeit querte von irgendwo aufgestört ein einsamer Schnepf das vor uns liegende Feld und fiel in einen kleinen Busch mitten auf dem Acker ein. Der Freund pfiff mich und alle Hunde zu sich, leckte sich die Lefzen, lud die Flinte, hieß mich stehenbleiben und enteilte mit seinem Weltsieger zu jenem Busche hin, nicht ohne mich mit erhobenem Finger darauf aufmerksam gemacht zu haben, daß ich gleich sehen könne, wie ein Pointer in vorbildlicher Manier den Schnepf vorstehen, nachziehen, herausstoßen und nach erfolgtem Schuß apportieren würde. „Du kannst", sagte er, „in den nächsten Minuten mehr lernen als beim Studium von zehn Lehrbüchern!" Sagte es und schritt davon.

In der Tat, es war eine Lust zu sehen, wie sich der Pointer Wind holte, wie er schon weit vor dem Busche zur Salzsäule wurde. Wie er Schritt für Schritt dem Schnepf entgegen zog und zu einem Nichts zusammenklappte, als dieser klappernd aufstand und, von der Schrotgarbe getroffen, in die Randsträucher des Busches fiel. Dann allerdings kam die traurige Wende: Zum leichten Apportieren des Vogels angemahnt, lief der Hund zwar zum Platz des Geschehens, rümpfte die Nase, schüttelte sich schier vor Ekel und hob, jawohl, er hob sein Bein über dem Vogel! Dann drehte er sich um und enteilte dem Ort in stets wachsender Geschwindigkeit gen Auto und Heimat. Auch der Freund ging grußlos von dannen, die Schnepfe, Stein des Anstoßes, ihres strengen Geruches wegen verschmähtes Objekt hochgezüchteter Hundenase, blieb liegen, bis ich sie mir nahm und von Herzen habe gut schmecken lassen.

Wie anders doch meine Ondra, auch sie hochgezüchtet, aber halt drahthaarig und stramm in ihren Taten und Ansichten; Nachfolgerin vieler Münsterländer, letzter meiner Gebrauchshunde von wahrem Schrot und Korn.

Ich bekam sie im Alter von acht Wochen, wie es sich gehört, das war im Februar. Ende März kamen die

Schnepfen und ich hatte 25 Stück zu schießen für Universitätszwecke, die der Erforschung der Lautbildung in Kehle und Syrinx des Vogels dienen sollten. Ich muß ehrlich sagen, daß mir dies ziemlich egal war – nach langen Jahren der Frühjahrsabstinenz war die Aussicht auf so viele der wohlschmeckenden Vögel wie ein Segensspruch der Göttin. Die Schwierigkeit lag am Hund, besser gesagt an der Tatsache, daß meine Ondra eben so grade und mit Mühe vier Monate alt geworden war, für die Jagd also ziemlich unbrauchbar, mehr Schoßhund als Jagdhund.

Immerhin bot die Gelegenheit, so manchen Schuß mehr oder weniger unversehens loszuwerden, die gute Aussicht, meinen Hund schußfest zu machen. Ansonsten hatte ich mich eben darauf zu beschränken, nur solche Schnepfen zu beschießen, die auf den Weg oder sonstwohin auf übersichtliche Flächen fallen würden. Ein weiser Vorsatz fürwahr und ebenso undurchführbar, wie die meisten weisen Vorsätze auch sonst im Leben – nicht nur dem jägerischen.

Am 15. März hatte ich durch Zufall die erste Schnepfe bei einer Holzbesichtigung hochgemacht. Am 16. standen Ondra und ich auf dem Abfuhrweg mitten im Forstort Heide zwischen zwei Kiefernüberhältern, die je etwa 50 Meter rechts und links des Weges standen. Es sind erstaunlich wenig Jäger, die wissen, daß solche Richt- und Markpunkte die Schnepfenhähne geradezu magnetisch anziehen und daß auf den Verbindungswegen zwischen diesen Stellen die aussichtsreichsten Anstandsplätze sind.

Genug Theorie.

Die Amseln sangen, der Wind raunte in den Blättern, es war wie früher, voller Poesie. Dann kam die erste Schnepfe, ziemlich im Hellen sogar noch. Ich schoß sie mit dem ersten Schuß sauber vorbei, mit dem zweiten, den ich vor lauter Jagdeifer nicht mehr über dem Abfuhrwege los wurde, flügelte ich und der Schnepf segelte schräg in die Fichtendickung rechts von mir. Eine saubere Leistung!

In der Dickung war es bereits ziemlich duster, außerdem stand zwischen den Fichten hohes Gras. Ich suchte und suchte, holte mir schließlich die Taschenlampe aus dem Auto, aber jeder von Ihnen, der mit einer Taschenlampe nachgesucht hat, weiß, daß nur die kleine Stelle, auf die das Lichtbündel fällt, einigermaßen gut ausgeleuchtet ist, daneben ist alles schwarz. Um mich herum wurde es immer dunkler, Schnepfen puitzten und quorrten über mir, meinen Hut hatte ich verloren, das Gesicht war voller Spinnweben, der Hund war weg. Der Hund war weg? Weg? Ja, wo nur? „Ondra!" rief ich mit zarter Stimme, „Ondra, komm!" Leichtes Miefzen antwortete mitten aus der Dickung. „Ondra!" – „Miefz!" – „Ondra!" – „Miefz!" Ich kam näher und näher, und da war sie ja endlich im Scheinwerferlicht, und was hatte sie vor ihrem Schnäuzchen liegen? Den Schnepf, den Schnepf, den sie gefunden hatte und bei dem sie geblieben war trotz meines Rufens und Flehens. Guter Hund, braver Hund, schöner Hund, Schnepfenhund – und wir wälzten uns im gemeinsamen Glücke, der Hund und ich.

Was soll ich Ihnen sagen, am nächsten Tag schoß ich fünf Schnepfen von achten, die mir kamen und Ondra markierte jede einzelne und blieb bei ihr, stummelschwanzwedelnd. Sie lernte im gleichen Monat noch das Apportieren und brachte mir dann die letzten der Universitätsschnepfen schon einwandfrei. Was für ein Hund! Sie blieb auf Schnepfen ihr Leben lang geprägt. Wenn wir in späteren Jahren miteinander in den Frühjahrswald gingen und uns schier gewohnheitsmäßig auf die alten schönen Stellen setzten, dann blieb sie vor mir stehen in voller Aufmerksamkeit und schief gehaltenem Kopf und lauschte auf das erste ferne Puitzen und Murksen, wedelte mit dem Stummelschwanz und ich wußte sofort, daß gleich der Schnepf in Sichtweite kommen würde. Lange vor mir hatte die Ondra ihn gehört. Und sie war dann bitterböse mit mir, daß ich nicht schoß und nur mit dem Spazierstock meine Zielübungen machte.

Im übrigen: Ich habe seit dem Kriege bei allen meinen Frühjahrsschnepfen immer das Geschlecht festgestellt und sie gewogen. Von den 123 Schnepfen, die ich im März oder April geschossen habe, waren nur sechs Weibchen und alle kamen mir stumm und flach, nur eine war seltsam laut und zwar mit einem leise quakenden Ruf. Und das Gewicht variierte zwischen 270 Gramm und 485 Gramm, was wohl eng zusammenhängt mit der Ernährung am Überwinterungsort und der Länge der Zugstrecke.

Und dabei fällt mir als letztes noch dieses ein: Es war im Jahre 1953 in Hannover beim Großen Staatsexamen, Prüfungsfach Jagdkunde. Da wollte mich der Prüfer hereinlegen und begann seine Prüfung mit der folgenden Frage: „Herr Kandidat", sagte er, „Sie erinnern sich gewiß an das Rauschen im jagdlichen Blätterwald im Jahre 1903. Da wurde allen Ernstes darüber debattiert, daß es verschiedenerlei Arten Waldschnepfen gäbe: die Heckenschnepfe, die Holzschnepfe und die Standschnepfe. Was war die Ursache für diese Debatte und wie wurde sie entschieden?" Da klopfte der Beisitzer ab und meinte, daß ich ja wohl im Jahre 1903 noch nicht vorhanden gewesen sei und also die Frage nicht beantworten könne. Ich aber schüttelte den Kopf, grinste und sagte: „ich kann's", denn aus schierem Zufalle hatte ich kurze Zeit vorher den Band 1903 von Wild und Hund gelesen. Also sagte ich, was ich wußte, und die Beisitzer lachten, und der Prüfer war blamiert und mußte mir die beste Note des Tages geben.

Ja, ja, Schnepfen sind seltsame Tiere – in der Luft, im Bratrohr und beim Staatsexamen.

Später Sieg über die Preußen

Für viele Leute im Hannöverschen, vor allem in der Heide zwischen Celle und Lüneburg, hat der Krieg von 1866 und die Annexion Hannovers durch Preußen bis zum heutigen Tage nicht stattgefunden. Man ist welfisch bis auf die Knochen. Gesetze und Verordnungen, die nicht in den Kram passen, sind ganz einfach preußisch und werden, so weit es nur geht, mißachtet. So auch bei Onkel Hermann, Vollhöfner auf einem Heidhofe von reichlich 500 Hektar, Altbauer inzwischen, denn er hatte vor einigen Jahren die Landwirtschaft an Heinrich, seinen Sohn, meinen Freund, abgegeben.

Das war auch allerhöchste Zeit, denn Onkel Hermanns Liebe galt weit mehr seinen Hirschen als den Kartoffeln oder dem Roggen und es konnte durchaus vorkommen, daß der Roggen noch Mitte September auf dem Halm stand, nur weil in ihm allnächtlich das Rudel Rotwild mit dem alten Hirsch stand. Den der Onkel in der Brunft schießen und nicht vorzeitig vergrämen und zum Nachbarn hinüber schicken wollte. Zur Rede gestellt, daß der Roggen bald keinen Groschen mehr wert sei, war es in diesem wie auch manch anderem Falle so, daß der Mahner kurz und bündig mit dem Satz abgespeist wurde:

„Teuf man, Wihnachten fiert wi all' wedder op den sülbigen Dag!"

Zweifellos eine vom Datum her richtige Antwort, die aber in praxi die Rentabilität des Hofes in ein tiefes Minus brachte. Nun gut, Heinrich also hatte den Hof übernommen. Onkel Hermann behielt die Jagd. Das Verhältnis von Vater und Sohn litt darunter recht deutlich, hielt doch Onkel Hermann von dem neumodischen Kram wie schnelles Grubbern nach der Getreideernte oder frühe Pflugfurche gar nichts. Es verscheuchte ihm nur seine Hirsche und seit neuestem auch das eingewanderte Damwild.

Als Freund des Hauses, geehrt wie kaum ein Verwandter durch das Recht, den Altbauern „Onkel" zu nennen und nicht „Cohrsvadder" wie die Nachbarn, oder gar „Herr Heine" wie die Städter, wurde ich leider nur zu oft in den Generationenkonflikt einbezogen. Ich hatte es aber bisher verstanden, mich diplomatisch um einseitige Stellungnahmen zu drücken.

An einem schönen Abend gegen Ende August – die Böcke hatten abgebrunftet und die Hirsche waren heimlich – saßen Heinrich und seine Frau Meta mit mir am runden Tisch in der Stube und spielten einen langen Skat. Onkel Hermann war im Walde und wollte seine Feisthirsche hüten. Es wurde spät und immer später, die Uhr zeigte fast Mitternacht, wir fingen an, uns um den Onkel Sorgen zu machen. Da aber ging die Dielentür, der Onkel kam herein, stellte seine Büchse in den Schrank und setzte sich stumm und ohne die Tageszeit zu bieten auf einen Stuhl hinter seinen Sohn. Er kiebitzte eine Weile, seufzte auch mitunter leise vor sich hin, was Freund Heinrich als mäßige Kritik an seiner Skatkunst ansah und unwirsch brummte. Die Stimmung wurde fröstelig.

Dann aber stand der Onkel auf, ging an den Wandschrank, in dem der Korn mitsamt dem großen Glase, dem Wachtmeister, aufbewahrt wurde. Dann füllte er diesen Humpen bis an den Rand und stürzte den Inhalt in die Kehle, stellte das Glas wieder weg und setzte sich räuspernd auf seinen Stuhl. Da einer von uns gerade die Karten mischte, hatte Heinrich Zeit, seinen Vater anzusehen und zu fragen:

„Vadder, was is?"

Der räusperte sich wieder anhaltend, und als die Kehle ausreichend geklärt war, fragte er:

„Segg mol, Hinrich, wann hebbt de Damhirsch Schußtid?"

„Vadder, dat's am iersten September!"

„Sso, sso," kam die sparsame Antwort, und weil wir gerade ein sehr interessantes Spiel in der Hand hatten, entstand eine längere Gesprächspause. Beim nächsten Mischen ging es wieder an:

„Hinrich, is dat ganz kloar, dat mit de Schußtid?"

„Ja, Vadder, dat's ganz gewiß so!"

„Sso, sso," war die Antwort und das Spiel ging weiter. Wir mochten so ein-, zweimal herumgespielt haben, als uns der Durst überkam und Meta Bier holen ging, wodurch eine längere Zwangspause entstand. Der Onkel rückte seinen Stuhl dicht an den Sohn heran, schüttelte ein wenig mit dem Kopf und fragte:

„Hinrich, wat is, wenn ein' ein Damhirsch vör de Tid schießt?"

Heinrich, noch vom letzten wider Erwarten gewonnenen Grand ohne Dreien absorbiert und auch in Vorfreude auf ein frisches Bier, antwortete zunächst ganz mechanisch:

„Ja, Vadder, dem ward woll de Jagdschien entzogen"

Er merkte aber ganz plötzlich, was im Busche war, drehte sich mit einem Ruck zum Vater hin, sah dem fest in die Augen:

„Vadder!?"

Nach diesem Aufschrei nickte der Altbauer nur bedächtig vor sich hin, sah erst unter sich, dann aber dem Sohn klar ins Auge:

„Dat is nun mal so, hei liggt in de Küsterskoppel, und aufgebrochen hebb ick ihn all' auch schon."

Dem Sohn verschlug es die Sprache, er wurde erst leichenblaß, dann krebsrot, aber bevor ihm der Kragen platzte, stand Vaddern auf, reckte sich zur ganzen Höhe seiner langobardischen Gestalt von fast zwei Metern, streckte dem Sohn die markante Hakennase entgegen und donnerte mit lauter Stimme und auf Hochdeutsch:

„So ist das eben bei uns, diese verdammigten preußischen Gesetze kann sich ja kein'ein merken, ich bin Hannoveraner und ich bleibe dabei, merk' di dat!"

Sprachs, nahm Mantel und Hut, schritt zur Tür, drehte sich dort noch einmal scharf herum, hob den Zeigefinger und verschwand mit einem letzten „Merk' di dat!" in die Diele und hinauf in seine Kammer. Wir haben dann, der Herr Hegeringleiter, Meta und ich, den Hirsch aus der Küsterskoppel geholt und in der gleichen Nacht zerwirkt und eingefroren. Aber so richtig fröhlich vom Wildbret gegessen hat eigentlich nur der Onkel, jeder Bissen war ihm ein später Sieg über die Preußen.

„Merk' di dat!"

Wer kennt schon das Glück des Jagens?

Der alte Lühmann, genannt der Behrensbauer, hatte die fixe Idee, er könne in die Zukunft sehen und wisse genau, was die nächsten Jahre bringen würden, auch und gerade in der Landwirtschaft. So brach er in den Jahren zwischen den beiden Weltkriegen einige hundert Hektar Heide um, pflanzte Kartoffeln und säte Roggen und war der festen Meinung, daß die Weltwirtschaftskrise noch im gleichen Jahre beendet sein würde. Sie war es natürlich nicht, die Preise brachen noch mehr ein, die Ernte lohnte kaum der Mühe, zu dem aufgenommenen Gelde kamen die Zinsen und im nächsten Jahre die Zinseszinsen hinzu. Kurzum, der Behrensbauer mußte einen Teil seines Bodens verkaufen, gab die Landwirtschaft auf und ließ die eben gewonnenen Äcker brach liegen. Innerhalb weniger Jahre breitete sich auf weiten Flächen der Ginster aus, ein wogendes gelbes Blütenmeer im Frühjahr, Heimstatt für die brütende Birkhenne, für die Waldohreule, für die Nachtschwalbe und für die Sauen. Hier nun beginnt meine Geschichte, denn ich hatte das Glück, die immer noch große Jagd für den Sohn des alten Lühmann eine Reihe von Jahren verwalten zu dürfen, bis er sie an einen Kaufmann verpachtete. Der hatte ihm gutes Geld dafür geboten, womit der Hof noch eine Reihe von Jahren über Wasser gehalten werden konnte.

Jeder Jäger hat in seinem Revier Lieblingsecken: Irgendeine Feldinsel im Wald, ein von Menschen kaum einmal besuchtes Tal, einen Berg mit weitem Blick, ein von Hecken durchzogener Hang mit immer wieder neuen

Farben – ich hatte meinen Ginster in der Hochheide auf dem Süll. Mehr als 40 Hektar groß war die Fläche, sie bildete fast ein Quadrat, war hier und da so dicht bewachsen, daß man unmöglich eindringen konnte und auch der Hund seine Schwierigkeiten hatte. Mitunter lagen aber auch kleine Blößen darin, sonnendurchglüht im Sommer und von unzähligen Erdhügeln der Wiesenameise bedeckt. Ein paar Anflugkiefern standen da und sogar ein kleiner Fichtenhorst, und die Kiefern und die Fichten boten mir die Richtungspunkte bei der Pirsche in diesem Urwald, aus dem man nirgends hinaussehen konnte. Die Sauen fühlten sich in dem Ginster völlig sicher, sie zogen bei hellem Tage darin herum, brachen nach Untermast im Regen oder wühlten die Erdhaufen der Ameisen auf, der wohlschmeckenden Larven wegen. Sicherlich haben sie auch so manches Gelege der Birkhühner mitgenommen, aber das war damals nicht so schlimm, es gab ja genug. Pirschgänge im Ginster waren Hochtage für mich, sicherlich waren sie nicht häufiger als fünf oder sechs mal im Jahr. Aber in den sechs Jahren, in denen ich das Revier verwaltete, habe ich dort nicht weniger als vier grobe Sauen und 18 geringe geschossen. Keine auf dem Ansitz, alle bei der Pirsch und alle bei Tage.

Hatte es die Nacht über geregnet, oder war am Morgen ein starkes Gewitter niedergegangen, dann kribbelte es in mir. Hatte es gar frisch geschneit und der Schnee war noch weich und knurpste und knasterte nicht unter den Sohlen, dann hielt mich schon gar nichts mehr im Büro. Ich schmiß Bleistift und Papier von mir, sagte der Sekretärin, ich sei auf Besichtigungsfahrt im Walde. Holzabnahme, Kulturplanung oder gar langwieriger Auflösungsverhandlung einer Waldinteressentenschaft, und ich lag mit dem Letzteren gar nicht so sehr daneben. Ich würde die Rotte der Interessenten im Ginster schon sprengen und auflösen!

Einer dieser Tage im Neuschnee und strahlender Sonne bleibt mir immer im Gedächtnis. Es hatte damals so stark geschneit, daß ich nur mit Mühe mein Auto auf den Süll hinaufbekam, an ein Weiterkommen war gar nicht zu denken, ich mußte die Dickung zu Fuß umschlagen. Aber die Sonne lachte vom Himmel und zauberte Millionen und Abermillionen diamantener Kristalle aus dem Pulverschnee, die Meisen zirpten, kein Laut war sonst zu hören, nicht einmal meine eigenen Schritte in dieser weichen, weißen Watte. Die Welt war mein, ganz allein mein.

Von Lothmanns Koppel her stand die Fährte einer starken Sau zur Dickung hin, mit dem Winde war sie gezogen, also steckte sie gewiß im Ginster. Sauen ziehen nicht weit mit dem Wind. Ich schlug meinen Bogen ringsum, außer ein paar Rehfährten und der Einzelfährte eines geringen Hirsches war von Sauen nichts zu spüren, die starke Sau steckte fest. Und mein Herz lachte, denn dies würde eine Pirsch geben, ganz nach meinem Geschmack, pirschen also wie ein Indianer auf dem Kriegspfad. Sehr, sehr vorsichtig mußte ich es angehen, Augen auf, Ohren auf, kein Ast darf knacken, die Joppe nicht an Zweigen und Bäume streifen, jeder Schritt ist eine Überlegung wert, die Fußspitze wühlt tastend im Schnee, findet festen Widerstand, der Ballen wird nachgesetzt, der andere Fuß schleifend herangezogen. Langsam geht das voran, sehr sehr langsam. Geht aber alles gut und so wie geplant, dann siehst du vielleicht die Sau im Lager, dann spürst du den unverwechselbaren Geruch, dann ist vielleicht unter einem Busch ein Haufen aufgeworfenen Schnees, aus dem ein feiner Faden weißer Hauch emporsteigt. Vielleicht hörst du auch die Sau im Schlafe schnarchen, wenn sie noch im Tiefschlaf des späten Vormittages ist.

Mit halbem Wind drang ich in den Ginster ein, ihn zur Hälfte durchquerend. Traf ich die Fährte nicht, so wußte ich mehr, konnte eine Hälfte der Wildnis aus meinen weiteren Plänen streichen. Aber ich kam auf die Fährte, schon bald sogar und sie zeigte schnurstracks auf den kleinen Fichtenhorst, der um die hundert Schritte links von mir wuchs. Fast wäre er in meinen Wind gekommen. Zurück also, einen Bogen geschlagen und gegen den leichten Ostwind auf die Fichten zugepirscht, langsamer noch, viel langsamer, ein wenig geduckt, die Büchse in beiden Händen. Und nichts darf rauschen und rascheln und du bist nichts anderes als ein graubrauner Baum, der ganz, ganz allmählich immer größer wird und näher kommt. Ein ganz und gar ungefährlicher Baum.

20 Schritt vor den Fichten kniete ich mich hin, auch diese Bewegung in Zeitlupe, und dankte den Rehen – einmal im Leben wenigstens – dafür, daß sie die unteren Zweige so stark verbissen hatten, daß man durch sie hindurchsehen konnte. Nichts, gar nichts konnte ich erkennen, aber ich war ja von Westen her gekommen. Eine Sau wird sich im Winter, wenn die Sonne scheint, immer an der Südseite der Deckung stecken, angenehm ist es dort für sie, warm und heimelig. Ich mußte die Fichten ein wenig umschlagen, mich in die Quere bewegen. Nein, das geht nicht, die Sau wird mich sehen, das ist ja kein dummer

Frischling, das ist eine starke, eine erfahrene, eine vorsichtige Sau. Also wieder um 50 Meter zurück, heraus aus dem Gesichtsfeld. Dann nach rechts hin rochiert, und wieder gerade aus auf die Südseite der Fichten zu. Verdammter, dichter Ginster gerade dort, jedes Zweiglein muß ich vorsichtig biegen, zentimeterweise nur geht es vorwärts. Ich gerate in Dampf, in Hitze geradezu, Ruhe aber, Ruhe ist die erste Bürgerpflicht – Blödsinn sowas zu denken, weg mit dem Gedanken. Zum Glück habe ich so meine Marotten, wenn es ganz heiß hergeht, mir fällt dann ein altes Lied ein oder ein Gedicht, das lenkt ab von dem Streß und macht dennoch nicht unaufmerksam. Also summe ich fast unhörbar die alte Ballade, von Loewe vertont: „Ich hab es getragen sieben Jahr..." und schleiche mich weiter voran. „Graf Douglas sprichts" – vor mir auf 20 Schritt ist unter der Fichte ein etwas unnatürlicher Haufen, ich knie mich hin, sehe Borsten, kann nicht erkennen, wo vorn und hinten ist. „Und ist ein Douglas doch!..." – die Borsten bewegen sich ganz leicht im Atmen der Sau, auf und nieder, auf und nieder. Also, die Büchse sollte ich in Anschlag bringen, vorn wird wohl dort sein, wo der Fichtenmantel endet, sie wird ja nicht mit dem Haupt in die Fichten hinein liegen. Ganz langsam drehe ich mich auf die eigenen Keulen, habe die Knie als Auflage, bombensicher. „Als wie in alter Zeit" – das Lied endet, ich muß handeln, pfeife ein wenig, die Borsten heben sich etwas, ich pfeife lauter, die Sau wird vorne hoch, und raus ist der Schuß und Schnee stiebt und trockene Äste fliegen durch die Luft, Ginster wackelt und kracht – und dann ist Ruhe, tiefe Stille.

Schweiß ist am Anschuß, guter blasiger Schweiß, Schnittborsten auch, Schweiß liegt in der Fluchtfährte auf beiden Seiten und da liegt die Sau. Ein Berg, ein Gebirge von einer Sau, ein braver, ein alter Keiler, ein Haupt- schwein.

Und in mir hallt es nach, das Lied vom Grafen Douglas: „Dort wollen wir fischen und jagen froh als wie in alter Zeit" – Als wie in alter Zeit, nur noch der Jagdspeer hat gefehlt oder der starke Bogen aus Eschenholz mit der Hirschsehne und dem scharfspitzen Pfeil. Als wie in alter Zeit – wer kennt schon das Glück des Jagens, wer kann es beschreiben, wer kann es ermessen?

Versager

Es gibt Momente im Leben, da möchte man sich verkriechen, möchte nie geboren sein und schämt sich zu Tode, wird sprachlos und klein, sooo klein. Und lernt daraus – hoffentlich!

Am Nachmittage hatten wir unsere Waffen eingeschossen droben an der Hütte, der Toni und ich. Alles paßte, weder war das Fernrohr angeschlagen, noch hatte der Höhenunterschied die Treffpunktlage verändert. Auf 100 Meter schoß meine Büchsflinte ihren Hochschuß von vier Zentimeter wie gehabt und gewollt. Die Brunftgams mochte kommen.

Am nächsten Morgen hatten wir herrliches Wetter, leichten Wind, etwas verhangene Sonne, Temperatur ein wenig unter Null. Der reichliche Altschnee war im Frost zusammengebacken, er war steinhart und man konnte gut auf ihm steigen. Der Anderl ging voran, langsam auf meinen Wunsch hin, denn solch Flachlandmensch wie ich muß sich erstmal einsteigen und sollte droben nicht naßgeschwitzt wie ein Amokläufer ankommen, um sich dann auf der zugigen Schneid den Tod zu holen.

Erst ging es durch den schütteren Wald, Mischwald zunächst, dann kamen die Lärchen, schließlich nur noch Latschen – und über ihnen die herrliche Bergwelt im Schnee, nur die Westseiten der Berge waren freigeweht. Wir machten ein Standerl, sahen nichts und stiegen weiter, kamen an einen flachen Sattel, von dem aus man tief in ein Tal einsehen konnte, aber dort war auch nichts los, das schöne Wetter hatte die Gams nach oben gezogen. Weiter also.

Der Steig ging recht gemächlich nach oben zu einer Alpenvereinshütte, die auch im Winter geöffnet hat. Leider, mußten wir bald feststellen, denn von unten her kam fröhliches Singen, dann erbärmliches Keuchen, Klappern und Klirren und schließlich auch die Verursacher des scheußlichen Lärmes: Mountainbiker auf einer Wettfahrt zur Hütte, zu Jagertee, Preßsack und Wadenkrämpfen. Es war sinnlos für uns, den Steig weiterhin zu nutzen. Also ließen wir die Sportler an uns vorbeiklappern, drehten vom Pfade ab hinein in die schwierigen Hänge, quer durch ein Latschenfeld, in dem der Harsch nicht hielt, daß wir bis an die Knie durch den Schnee waten mußten. Allmählich schafften wir es aber doch, jetzt natürlich bis aufs Hemd naßgeschwitzt, hatten dann die Freude, einen relativ flachen Almboden leicht zu begehen, wo wir uns wieder erholen konnten. Kletterten schließlich einen Felsen hinauf, so hoch wie ein dreistöckiges Haus, krochen an den jenseitigen Rand der Platte und hatten von dort einen tollen Blick hinein in ein Kar und über dieses hinweg in eine steile Wand, in der es von Gams nur so wimmelte.

Na also, Anblick genug, Freude genug. Schießwütig bin ich nicht mehr, außerdem war es bis drüben in die halbe Wand viel zu weit dazu, so um die 300 bis 400 Meter, und näher heran konnte man nicht kommen.

Der Anderl richtete sein Spektiv und ich mein Glas; lange Zeit schauten wir uns die Gams an. Beide fanden wir zugleich, was wir suchten: Einen recht starken Bock, der sehr eng gestellt war und dessen rechter Schlauch am Krickel mitten in der Hakelung abgebrochen war. Aber der stand in der Mitte seines Rudels, sprengte ab und an eine Geiß und gelegentlich auch einen jüngeren Bock, der ihm zu nahe kam, aber immer ging die Reise quer zur Wand, nie in unsere Richtung.

„Zeit lassen, abwarten", meinte der Anderl, „es wird schon was geschehen." Mir war das recht, ich lag bequem auf dem Bauche, die liebe Sonne wärmte meinen Rücken, ich hatte genug zu schauen, zu hören, zu riechen – ich war sehr glücklich.

Noch, nicht mehr lange, leider! Gegen die Mittagszeit hatte unser Bock das brunftige Stück aus dem Rudel abgesprengt und hütete es sehr langsam aber stetig den Hang hinunter, schnitt ihm immer wieder den Wechsel nach oben ab und jagte es schließlich eine steile Rinne herunter auf uns zu, aus der die Geiß mit einer gewaltigen Flucht unter einen überhängenden Stein floh, wohin der Bock nicht folgen konnte. Schlau jedoch, wie Liebhaber sind, stellte er sich aber genau über seinen Schatz auf den Stein, schaute hinunter, bläderte herzhaft, stellte den Bart und wurde zum gamsbärtigen Ritter Toggenburg: So nah ist das Glück und kann es nicht erreichen!

„Jetzt geht's", sagte der Anderl, „gute 200 Meter sind's, pack' mer's." Mir kam es erheblich weiter vor, aber der Jagdgast soll schweigen, er soll schießen. Also richtete ich mein Gewehr auf dem Rucksack, stopfte die lose Patrone aus der Rocktasche in die Kammer, nahm Maß, so ein bisserl hoch hinein der zweifelhaften Entfernung wegen, schoß, und siehe da, der Anderl hatte Recht gehabt, dicht über dem Gans staubte es in der Wand, überschossen also. „Zu hoch!" rief der Anderl, „noch mal", und der Gams stand und äugte nach seinem Liebchen und hatte vom Schuß gar nichts gemerkt.

Also schob ich die zweite und letzte Rocktaschenpatrone in die Kammer, ging nun mitten in den Bock hinein, und weiß der Teufel – ja, er wird's wissen warum – im gleichen Moment als ich abdrückte, machte der Bock mit dem Haupt einen Schlenker, der Schuß war raus, den Bock riß es herum, die Kugel hatte er, er schlenkerte mit dem Haupt, schlenkerte, schlenkerte, blieb stehen, brettelbreit.

„Schieß!" rief der Anderl, und ich kramte die Schachtel mit den zehn Patronen aus dem Rucksack, wollte laden, konnte nicht, nichts paßte, nichts ging. Ich lag, ich schaute verwundert erst, verzweifelt dann, und schließlich sah ich's: Das waren die Patronen vom Toni, gestern nach dem Einschießen verwechselt, in den Rucksack gesteckt und nicht mehr kontrolliert.

Gottlob sagte der Anderl nichts, Ehre sei dem Alter, mag er gedacht haben, sicherlich aber noch manches dazu. Ich hätte mich erwürgen können. Da tat sich der Bock nieder, weit zwar, doch immer noch in Schußentfernung, aber was half es, mein Gewehr war nicht mehr wert als ein Holzknüppel. Da kroch der Anderl rückwärts, käseweiß vor Aufregung – und etwas Wut mag auch dabei gewesen sein – sagte: „Wart halt hier, schau, was der Bock macht, ich geh' und hole meine Waffe, in ein, zwei Stunden bin ich zurück." Mein Gott, was ist schon Reinhold Messner gegen den Anderl: Der lief wie von Furien gehetzt, sprang über die Felsen, verschwand drunten zwischen den Latschen, immer im Trab, in schnellstem Trab.

Und ich lag auf meinem Stein, hatte das Glas an den Augen, schaute zum Bock, der vor sich hin döste, krank, sehr krank. Die Sonne brannte, die Bergdohlen pfiffen, irgendwo raukte ein Rabe – und die Zeit verging langsam, furchtbar langsam.

Nach einer guten Stunde erschien über dem kranken Bock ein anderer, näherte sich dem meinen, und ich ahnte schon, was kommen würde, was kommen mußte. Und es kam auch. Der Ankömmling bekam Wind vom Kranken, stieg zu ihm herüber, wollte ihn forkeln, müdete ihn auf, daß er die Wand herunter geprasselt kam, torkelig erst, dann schneller, im tiefen Schnee des Kars dann wieder Schritt um Schritt unter mir vorbei, krank, sehr krank in die Latschen am Steig. Da blieb er stehen, müde, matt, aber wie lange, wann wird er weiterziehen bis in den Wald, unerreichbar dann ohne guten Hund?

Auf dem Steig tief drunten war eine Bewegung, mit dem Glas konnte ich es erkennen: Der Anderl! Der Anderl im Trab bergauf! Der Anderl mit der Büchse in der Hand, ohne Hut, ohne Rucksack, ohne allzuviel Luft wahrscheinlich, verschwitzt, zittrig! „Anderl", schrie ich, und die Luft trägt weit im Gebirge, „Anderl, der Bock ist vor dir, 200 Meter noch, über dir in den Latschen, geh langsam, erhol dich!" Und der Anderl winkt, er hat mich verstanden, bleibt einen Augenblick stehen und verschnauft, wischt sich mit dem Ärmel übers Gesicht, pirscht langsam voran. „Jetzt gleich" rufe ich, und der Anderl wird noch langsamer, sinkt in sich zusammen, schaut in die

Latschen. Und ich zittere wie im Schüttelfrost, Aufregung, Scham, Wut über mich. Aber der Anderl macht seine Sache gut, er kriecht noch etwas höher den Steig hinan, setzt sich, stützt die Ellenbogen auf die Knie, schießt – ich sehe nichts, gar nichts vom Bock. Aber da kommt ein Juchzer von unten: „Liegt schon!"

Wie der Blitz bin ich unten, und weiß gar nicht, wie ich das so schnell geschafft habe mit meinen alten Beinen. Aber die letzten paar Meter bis hin zum Anderl, die sind mir bitter sauer geworden, so sehr habe ich mich geschämt. Doch als ich ihn schließlich ansehe, ihm in die Augen sehe, da wischt er mit einer leichten Handbewegung alles fort, was vielleicht hätte gesagt werden können, was ich hatte sagen wollen, und meint ganz ruhig, ganz sachlich: „Ach, weißt, das hätt' doch einem jeden passieren können, die Hauptsach' ist, wir haben den Bock!"

Damit haben wir es bewenden lassen, wir Zwei unter uns, aber in mir bohrt es noch immer und wird nie zur Ruhe kommen. Und wenn ich das Krickel an der Wand betrachte, dann sagt es in mir und zu mir: Versager! Und immer noch und immer wieder schäme ich mich. Und hoffe sehr, daß diese Scham heilsam ist und Gleiches mir nie mehr geschehen wird.

Naturnutzer – Naturverbraucher

Verborgen zwischen Teichen und Wäldern liegt in dem Dreieck, das die Flüsse Aller und Meiße bilden, das Gut Sunder. In langen Jahrhunderten war es herzogliches Jagdgebiet gewesen, vor allem für die Beizjagd auf Reiher und Wassergeflügel. Das Reiherhaus, inmitten der Teiche gelegen, war vielfach umgebaut und erweitert worden, im 17. Jahrhundert wurde es schließlich zu einem Schlößchen erhoben, in dem die hohe Herrschaft auch schon mal übernachten konnte. Von Grund auf in Fachwerk gebaut, dessen Balken und Ständer reich verziert und rundum beschnitzt sind, ist es noch heut ein Kleinod der Lüneburger Heide.

In den Jahren, von denen ich jetzt erzählen will, gehörte das Gut Sunder mit seinen nie zu enden scheinenden Teichen, seinen Sumpf- und Auewäldern, den undurchdringlichen Porstwildnissen, Schwimmrasen und Schilflägern meinem Freunde Barthold. Mit ihm verband mich eine tiefe und beständige Freundschaft, die – und das zeichnet eben Männerfreundschaften so aus – ganz im wesentlichen auf kulinarischer Grundlage aufgebaut war: Wir liebten beide den süffigen Moselwein, wir hätten für in Rotwein gedünstete Wildentenbrüstchen unsere Erstgeburt hergegeben, wir gehörten zu den ganz wenigen Leuten, die den Zwergwelsen, auch „Schnurbartsgesellen" genannt, die größte Hochachtung entgegenbrachten. Es gelang uns, die meist und bestenfalls nach durchgelegenem Kopfkissen schmeckende Reiherbrust zu einer Delikatesse zu gestalten und hatten schließlich für Bekassinen ein Geheimrezept entwickelt, das im wesentlichen auf Anjouwein und altem Cognac basierte.

Kurzum, unsere Freundschaft war vielgestaltig und unerschöpflich.

Mitten in den Teichen und nur auf gewundenen Teichdämmen zu erreichen lag eine Insel, schrotschußbreit bestenfalls, und aus unerfindlichen Gründen vor urlanger Zeit mit Spirken bepflanzt. Unter diesen Bäumen lag hingeduckt, und wie das Schloß aus Fachwerk erbaut, eine kleine Jagdhütte, vormals das Wohnhaus des Reiherwartes. Vor diesem Haus, eingehüllt in den Harzduft der Spirken, begleitet vom Konzert unzähliger Frösche, habe ich viele, viele Abende verbracht. Ich habe mit Freunden in die untergehende Sonne geschaut, den leichten Mosel getrunken, der im Hochsommer nach den Entenjagden mit Mineralwasser verdünnt und mit Orangensaft abgeschmeckt wurde, habe den Rufen der Reiher zugehört und dem dumpfen Balzruf des Moorochsen, der Rohrdommel. Es sind dies unvergeßliche Stunden geblieben, vor allem jene, an denen der Tierfilmer Sielmann seinen großen Film „Das Lied der Wildbahn" drehte, den Sunder als wochenlanges Standquartier nutzte und von hier aus in die Heide fuhr, die Birkhähne zu belauern, den großen Brachvogel zu filmen oder aber tagelang im Wasser stand, das Schlüpfen der Jungen im Nest des Rohrsängers abzuwarten.

Die schönsten Tage aber waren mir die, als ich für den Freund die Forsteinrichtung im Walde durchführte und zwei Wochen lang auf der Hütte wohnte. Ich nutzte die Zeit zwischen Sonnenaufgang und Arbeitsbeginn für die

Wasserarbeit mit meinen Hunden und die Abendstunden zum Studium der Entenzugstraßen über den Teichen als Vorbereitung der Jagd.

Kam ich dann in sinkender Nacht zur Hütte zurück, so zündete ich mir eine Kerze an, setzte mich in den einzigen ledergepolsterten Sessel und trank meinen Mosel in kleinen Schlucken, ganz der Nacht und ihren Lauten hingegeben. Damals jagte der Otter noch in den Teichen und die Sumpfrohreule schrie ihren Jagdruf, der Wiedehopf rief im Mondschein und von allen Seiten her dröhnte das tiefe „Uu-humpf" der Dommel. Unter dem leisen Paaken der Enten und dem Zwitschern der Stare im Schilf wurde ich müde und machte es meinen Hunden gleich, die lange schon zusammengerollt in der Hütte lagen, fernab der Mücken, die sie im Freien peinigten.

Am Morgen weckte mich der Ruf der Bekassinen, der Drosselrohrsänger und der Rallen. Zeit für uns aufzustehen für die Morgenarbeit, die Suche im Schilf mit und ohne Ente, das Erlernen von Kommandos wie „rechts" und „links" und „weiter so", vom Ufer aus, vom Boot aus, das Apportieren von Wild aus dichtem Schilf, frisch erlegt oder kalt und am vergangenen Tage geschossen.

Dann wurde gefrühstückt und redlich mit den Hunden geteilt, sehr wenig und vorsichtig gewaschen, und dann ging es hinaus in den Wald, ins Bruch, in die Heide mit Karten, Kompaß und Bussole, Papier und Bleistift und allen den tausend Kleinigkeiten, die der Forsteinrichter für seine Arbeit braucht.

Was für Jahre herrlicher Freiheit: „beatus illus qui procul negotiis…" – glückliche Freiheit der schönsten Arbeit, die ein Forstmann tun kann. Pläne schmieden, die dem lieben Gott ein wenig helfen sollen, die Welt ein bißchen bunter zu machen. Aber die Welt im Walde des Sunder war bunt genug, Birken wuchsen im Bruch zusammen mit Erlen wie schon seit tausenden von Jahren, Fichten waren hier und da aus großer Ferne hereingeweht. An der Meiße fand sich die Esche mit der Eiche und aus dem Porst lugte ab und an eine Kiefer heraus. Ein wenig Ordnung zu machen, ein wenig Einteilung der unübersichtlichen Flächen, das war eigentlich alles, was ich tun konnte, tun durfte, um vor mir und der Schöpfung zu bestehen. Wir haben die Welt schon viel zu sehr zerteilt, zerrissen, verplant, verhausschweint und vergewaltigt, als daß wir es uns leisten könnten, die letzten Flecke fast unberührter Natur in unseren Dienst zu zwingen.

Mir blieb viel Zeit für alle die Dinge am Wege, die Birkhenne, die ihre sechs Jungen führte, der Wiedehopf in der hohlen Weide, die Otterin am Teichdamm vor ihrem Bau, in dem sie zwei Junge säugte und ihnen einige Wochen später im Flusse das Jagen lehrte.

Ja, und erst die Vielfalt der Pflanzen am Boden. Da fand ich den stehenden und den kriechenden Bärlapp, gleich zwei Arten des Sonnentau, den Lungen-Enzian, die Schachblume und die Kuckucksblume, die Sibirische Schwertlilie und die Waldschlüsselblume; vom Wollgras und der Rosmarinheide ganz zu schweigen.

Ein Verbrechen, sagte ich zu Barthold, ein Verbrechen wäre es, aus diesem Garten Eden einen wohlgeordneten, einen nach ökonomischen Gesichtspunkten bewirtschafteten Forst zu machen, die Schönheit, die einmalige Vielfalt in wenigen Jahren zu opfern für eine ungewisse Zukunft, in der nur eines gewiß wäre: Wir würden in solch einer Welt nicht leben wollen und auch nicht leben können. Und Barthold nickte mir wehmütig zu und wußte schon, was kommen sollte.

Vor einiger Zeit war ich wieder einmal im Sunder. Das Schloß ist verkauft und eine lärmende Akademie bewohnt die alten Räume. Die Teiche sind verrummelt, ein Freizeitpark ist entstanden mit Hotel und Segelschule. Das Moor ist entwässert und umgebrochen. Wo der Wiedehopf rief und der Birkhahn kollerte weiden die Kühe, und meine Hütte mitsamt den Spirken ist verschwunden, untergegangen in der Vergrößerung der Wasserflächen, auf denen kein Platz mehr ist für Schilf und Rohrdommel, für Löffelente und Otter.

Nie wieder werde ich dorthin zurückkehren. Vergessen will ich, was ich sah, nur die Erinnerung soll bleiben an das unendliche Glück, in dem wir alle, Tiere, Pflanzen und Menschen, dem Himmel sehr nahe waren.

Jagdfreundschaften

Im frühen 13. Jahrhundert fand in Südfrankreich ein Wettstreit unter den Troubadouren statt, bei dem in tagelangen Diskussionen das Wesen der Liebe bestimmt werden sollte. Das Ergebnis jedes einzeln herausgearbeiteten und allgemein anerkannten Diskussionspunktes wurde in Merksätzen zusammengefaßt. Einer von ihnen lautet: Die Liebe wächst oder stirbt, nie aber bleibt sie unverändert gleich!

Ohne allzu lange nachdenken zu müssen, können auch wir Menschen des 20. Jahrhunderts uns dieser Maxime anschließen und können sie weiterhin auslegen, wie es die Troubadoure vor 700 Jahren getan haben: Liebe ist nicht einklagbar, nicht vor dem Gericht und nicht vor dem Gewissen oder gar der Moral.

Wir können den Gedanken auch weiterspinnen auf Freundschaft, die lange Zeit blühen mag oder in Formen erstarren und erkalten, doch wenn sie erstarrt ist, ist sie schon der Gleichgültigkeit verfallen und beginnt zu sterben. Auch Freundschaft ist nicht einklagbar, auch nicht Jagdfreundschaft – was auch immer das sein mag. Ein Pakt auf Gegenseitigkeit meist, und hat mit wahrer Freundschaft nicht mehr zu tun als der Wirtschaftsbericht einer Zeitung mit dem Feuilleton.

Wer Jagdfreundschaft einklagt, dem ist die Freundschaft schon gestorben, denn Freundschaft heischt nicht nach Besitz und Anspruch. Doch wenn ich klage, erhebe ich Anspruch. Ich erhebe Anspruch auf etwas, das mir der andere sonst freiwillig gab, freudig, fröhlich, selbstverständlich, aus der Überfülle seines Herzens heraus, der Überfülle seines Revieres, vielleicht auch aus dem Gedanken — ja, meist sogar — weil er erwartet, daß der Beschenkte auch seinerseits wieder schenken wird. Auch Liebe, auch Freundschaft hat im Grunde etwas Kommerzielles: Schenke und du wirst beschenkt! Verwerflich ist solch Gedanke nicht, vielleicht etwas ernüchternd allerdings — aber er kommt der Wahrheit sehr nahe.

Wer Freundschaft, Jagdfreundschaft, einklagt, zerstört den Rhythmus dieser Wechselbeziehung für immer.

Ich wurde in einem langen Jägerleben auf viele, sehr viele Jagden eingeladen. Meist wußte ich um das Warum, manchmal erfuhr ich es danach. Entfiel der Grund für die Einladung — die Nachbarschaft erlosch oder meine Mitarbeit in anderer Sache wurde überflüssig — so flatterte mir kein Brief mehr ins Haus zu herbstlicher Jagd. Ich habe dies immer, ja wirklich immer, als das genommen, was es war: Menschliche, allzumenschliche Selbstverständlichkeit. Und Illusionen habe ich mir darüber nie gemacht, auch wenn es mitunter schmerzlich war, schmerzlich um des Menschen willen, den man ja doch sehr gemocht hatte, schmerzlich auch wegen des schönen Jagdtages, der von nun an für immer der Vergangenheit angehörte.

Ein Tor wäre ich, wenn ich mich freisprechen wollte davon, nicht auch so gehandelt zu haben, auch hier und da, hin und wieder, den einen oder den anderen zu meinen Jagden nicht mehr eingeladen zu haben. Nicht etwa, weil ich das Gesicht plötzlich nicht mehr sehen mochte, sondern aus ganz einfachen Zwängen, wie das eben so ist im Leben, wir alle kennen das zur Genüge.

Nun ist da aber eine Sache, über die komme ich so leicht nicht hinweg, denn über das rein jagdliche Geben und Nehmen war da auch richtige Freundschaft, die viele Jahre guten Bestand hatte – und nun ist sie aus, vergangen, vorbei: Geblieben ist allein die Verbitterung endgültiger Scheidung.

Dabei hatte alles eigentlich ganz harmlos angefangen: Wie schon viele Jahre vorher hatte ich den Freund auch in diesem Jahr eingeladen, zur Hirschbrunft diesmal, bisher war es auf den Bock oder den Feisthirsch gewesen. Das Unglück wollte es, daß ich ausgerechnet in jenen Tagen, in denen der Freund mich besuchen wollte und sollte, zu einer für mich und mein Portemonnaie sehr wichtigen Arbeit verreisen mußte, die Hirschbrunft also für uns beide ausfallen mußte. Mit Zähneknirschen hingenommenes Pech, denn wie oft noch kann ich eine Hirschbrunft mit vollem Herzen, heilen Gliedern und Sinnen erleben? An den Händen kann ich's mir abzählen! Verdammtes Pech eben. Das Treffen wurde abgesagt, vertagt auf ein nächstes Mal.

Dann hörte ich nichts, lange Zeit nichts, und machte mir wenig Gedanken darum, briefschreibwütig sind wir beide nicht. Aber rein zufällig trafen wir uns in der großen Stadt. Doch die Freude des Wiedersehens war kurz, bitter und vorwurfsvoll. Klagte der Freund: „WARUM? Warum hast du mir das angetan?" Und ich konnte nichts anderes tun, als das zu wiederholen, was schon gesagt worden war.

158

Freundschaft gründet auch auf Vertrauen, sie wächst mit wachsendem Vertrauen, wenn sie stirbt, stirbt auch das Vertrauen.

Wir schieden voneinander ohne Vertrauen.

Und dann kam der Brief, dieser vermaledeite Brief: Betrogen, belogen hätte ich ihn, alle meine Gründe seien Ausreden gewesen, an den Haaren herbeigezogen, eine stichhaltige Erklärung sei ich schuldig, auf die er ein Recht habe, Recht auch auf Wiederholung der Einladung ohne Wenn und Aber.

Seither bin ich verwirrt, verunsichert: Ist solche Klage, ist solche Forderung berechtigt? Wo ist mein Fehler?

Doch es gibt kein Zurück, wenn das Vertrauen zerstört ist. Fehler hin, Fehler her, und der Trost ist gering, wenn man weiß, daß Freundschaften am schnellsten zerbrechen im Streit um eine schöne Frau und wegen der Erlegung eines starken Hirsches – dabei war der Hirsch noch gar nicht zur Strecke. Dann – so schließe ich – war diese ganze Freundschaft nichts wert. Sie hat ihren Namen nicht verdient und war nichts anderes als eine Jagdfreundschaft, die nur nimmt und nicht gibt. Die Erkenntnis, sich im Menschen so sehr geirrt, so sehr getäuscht zu sehen, ist bitter und schlimmer als materieller Verlust. Denn sie nimmt dir ein Stück deiner selbst. Sie macht dich mißtrauisch, und die Einsamkeit um dich herum wächst.

„Mein" Elch

Der Skogschef empfing mich fast überschwenglich glücklich, ich wußte gar nicht wie mir geschah, ich, der kleine Forstpraktikant und er, der große Meister über 53.000 Hektar Wald. Bald zeigte es sich: „Jaha du," sagte der Chef, „und da ist noch etwas. Du solltest gleich die Flößereiabteilungen leiten, das ist ein sehr schöner Job. Nur eines sage ich dir, mein Freund, sei vorsichtig, sei vorsichtig, dein Vorgänger, der Forstmeister Blomquist, ist vorgestern mit dem Boot verunglückt, der dumme Mensch. Full speed ist er gefahren und mitten in ein halvsunken Log hinein, da hat es ihm die Beine gebrochen – full speed, full speed – so ein dummer Mensch, der!"

Meine Kondolenz über das Unglück wie auch meine diversen Einwände, vor allem der, daß ich doch kaum ein einziges Wort Schwedisch spräche, wurden vom Tisch gewischt: „Du lernst schnell, mein Freund, du bist ein studierter Mensch, in einer Woche redest du Östergötländsch wie ich!"

Es half nichts, ich wurde vom Fleck weg zum Leiter der Flößereiabteilung des Konzern ernannt, hatte zehn Leute unter mir, ein starkes Motorboot zur Verfügung und 200 Kilometer Wasserstraßen als Tummelplatz. Weder konnte ich schwedisch, noch hatte ich je ein Floß gesehen. Als Äquivalent zu diesen Manko stand mir eine Hütte zur Alleinverfügung zu. Eine Hütte, die auf einer Insel mitten im See lag, die ein riesiges Wohnzimmer mit Kamin hatte, eine Schlafkammer und eine Küche. Einmal in der Woche käme eine Aufwartefrau zum Saubermachen, der solle ich auf einem Zettel hinterlassen, was ich für das nächste Mal so an Essen brauche, sie würde es dann die Woche drauf zuverlässig bringen, vorausgesetzt, ich hätte das notwendige Geld neben den Zettel gelegt.

Fünf Monate Hüttenleben standen mir bevor, fünf Monate vom Feinsten!

Nach zwei Tagen beherrschte ich das Motorboot, nach einer Woche konnte ich schwedisch fluchen, nach zwei Wochen kannte ich meine Gewässer so einigermaßen und fand mich in dem Gewirr der Inseln zurecht. Meine Arbeit bestand darin, zwischen dem Einschlagsort im Walde und dem nächsten schiffbaren Gewässer eine Seilbahn zu installieren, durch die die Hölzer transportiert und im Wasser abgelagert wurden, dann – immer nach Stärken sortiert – die Stämme in Flößen zusammenzufassen und mit Motorbooten zum Sägewerk bringen zu lassen. Hierfür standen mir die genannten zehn Mann zur Verfügung, wegen ihrer geradezu unheimlichen Kräfte von mir die „Stubenelefanten" genannt.

Allmählich verstand ich auch meine Leute, das absolute Verdienst meiner Zugehfrau, die für ihre eigentliche Arbeit, das Putzen im Hause, maximal zehn Minuten brauchte, die restlichen 110 Minuten ihrer Arbeitszeit jedoch darauf verwandte, mir ihre Muttersprache beizubringen. Der Erfolg war exorbitant und ist es noch, denn wenn ich gelegentlich Freunde aus Stockholm oder sonst einer größeren Stadt Schwedens treffe und mit ihnen zu parlieren beginne, so fallen ihnen fast die Augen aus dem Kopf und der Mund bleibt offen, denn was ich produziere, ist der breiteste Dialekt des Landes und etwa so verständlich, wie es Oberpfälzisch für den Hamburger sein würde. Immerhin, es funktioniert!

Meine Hütte lag am Ostufer des Sees, der sich mehr als 40 Kilometer nach Westen zog und verschiedene Engstellen hatte, die mit vielen Unterwasserfelsen verziert waren, weshalb man dort immer sehr vorsichtig zu navigieren hatte. Von „full speed" konnte keine Rede sein, vielmehr zog ich es vor, den Motor auf geringste Kraft zu stellen und gleichsam durch die Schären zu gleiten, der Kiel so flach wie möglich, das Schwert ganz hochgezogen. Fast ohne ein Geräusch schob mich die Schraube um die Felsen herum, daß ich gerade noch so viel Widerstand auf dem Steuer hatte, um die notwendige Bewegung zu machen.

Eines Morgens im August, ein leichter Nebelschleier lag über dem Wasser, denn die Nächte begannen kalt zu werden, schob ich mich durch die Felsen um eine Ecke des Sees herum, als rechts vor mir zum Ufer hin ein Elch stand. Er stand bis an den Leib im Wasser und äste sich an dem dort reichlich wachsenden Kalmus, tauchte das Haupt tief in die Fluten, biß unter Wasser einen der Stengel ab und kam prustend und schnaubend wieder hoch. Ich stoppte sofort den Motor, ließ das Boot an einen Felsen gleiten und hielt mich daran fest. Lange Zeit schaute ich dem Elch zu. Endlich schien er satt zu sein und zog dem Lande zu, schüttelte sich, daß die Tropfen weithin sprühten, und verschwand in den Kiefern.

An einem der nächsten Tage berichtete ich dem Skogschef und erzählte ihm von dem Erlebnis, offenbar in den
glühendsten Farben. „Aha", sagte er, „du bist ein Jägare,
das habe ich nicht gewußt, du willst einen Älgen schießen, mein Freund, ist das so?" Und als ich freudig be-
klommen nickte, fuhr er fort: „Die Jagd auf die Älgen
geht im September auf, mein Freund, wir haben noch
Zeit, aber du kannst eine von meinen Büchsen haben,
wenn es soweit ist. Dann hast du drei Wochen Jagd, aber
du sollst den Älgen alleine schießen, nicht auf der Drev-
jakt, da sind zu viele Leute, die dich sehen, und einen
Lizenz darf ich dir nicht geben. Also, mein Freund, es ist
besser, du sagst niemandem etwas, und wenn du deinen

Älgen geschießt hast, dann kommst du zu mir und wir werden sehen, was wir machen!"

In den nächsten Wochen machte ich auf meinen morgendlichen Fahrten zu meiner Arbeitsstelle einen weiten Bogen um die Bucht, die ich die Elchbucht getauft hatte. Immer wieder sah ich dort mit dem Glase Elche im Kalmus weiden, mal war es ein einzelner Hirsch, mal ein oder zwei Stück Kahlwild mit Kälbern. Ich hoffte sehr, daß der Hirsch dort seinen Haupteinstand hatte und auch in der bald beginnenden Brunft an Ort und Stelle bleiben würde, zumal ja auch einiges Kahlwild vorhanden war. Ich fieberte dem zweiten Montag im September entgegen.

Junge Jäger haben bekanntlich meist ein unverschämtes Glück, natürlich auch ich. Eigentlich aber ist das Gerede vom Glück, Dusel oder besonderem Weidmannsheil ein ganz dummes Geschwätz: Als junger Mensch hat man eben einfach mehr Ausdauer, man ist beweglicher, die Sinne schärfer, Strapazen werden leicht genommen. Hat man erst einmal Jahresringe angesetzt, dann läßt trotz aller Passion – wie so manches andere auch – die schnelle Reaktion gleich wie die Körperkraft nach. Das ist das ganze Geheimnis des Erfolgs der Jugend.

Nun also, der Montag im September kam heran, ich startete mein Boot in tiefster Finsternis, ohne Lampen zu setzen, versteht sich, und mogelte mich mit Viertelkraft meiner Bucht zu. Die aus dem Wasser ragenden Felsen waren gerade eine Spur schwärzer als der See, was unter Wasser war, konnte ich nicht sehen. Aber auch hier war mir das Glück der Jugend hold, nirgends schurrte der

Kiel an Stein, nicht ein einziges Mal schlug die Schraube mit häßlichem Kreischen an Fels. An der Bucht angekommen, machte ich das Boot an einem größeren Felsblock in guter Deckung fest, kroch auf den Stein und legte mich, Büchse längs neben mir, flach darauf.

Der Morgen kam herangekrochen, die eben noch schwarzen Kiefern wurden grau, dann grün, auf dem Wasser schwamm eine dünne Nebelschicht. Und dann kam der Elch! Wie ein Schemen trat er aus dem Walde, äugte lange Zeit auf den See hinaus, spitz von vorn, 100 Meter entfernt. Die gelbbraunen Schaufeln hoben sich deutlich vom Graugrün der Bäume ab, die Läufe leuchteten weiß unter dem fast schwarzen Leib. Lange Zeit blieb er stehen, drehte das mächtige Haupt nach den Seiten, fand die Luft rein, und stieg, Schritt vor Schritt setzend, in den See. Unendlich vorsichtig und langsam, daß kein Wasser spritzte und kaum Wellen entstanden. Als er sich breit stellte, schoß ich.

Da war ein Augenblick lang nichts anderes zu sehen als ein gewaltiger Wasserschwall, zwei, drei Sprünge weit, und dann ein Aufbäumen, ein letztes Sprühen von Wasserkaskaden – und Ruhe und kleine Wellen, die sich von der Stelle aus verbreiterten, wo der Elch zusammengebrochen war. Dann erst kam das Jagdfieber, mit klappernden Zähnen, mit fliegender Hitze und fliegendem Kälteschauer. Es kam das Glück, die Freude, die überwältigende Freude. Und schließlich das nüchterne Nachdenken: Was nun?

Ich ließ mein Boot an, stakte mich langsam zum Elch hin, der ganz unter Wasser lag, hoffnungslos weit von jedem

Weg oder Pfad, zu dem man ihn hätte ziehen können. Es gab nur eine Möglichkeit: ich mußte den Hirsch flößen! Also band ich ihm ein Tau um den Träger, wozu ich ins Wasser mußte, tauchen mußte. Mitte September in Nordschweden kein Vergnügen mehr, aber ich war abgehärtet wie ein Eskimo. Das andere Ende des Taues zurrte ich am Heck fest, gab ganz vorsichtig Gas, das Boot bäumte sich ein wenig auf, aber es bewegte sich, wir kamen in Fahrt. Aber vorsichtig, vorsichtig, daß sich der Elch nicht in einem Felsen verfing, das Tau riß oder das Boot herumgeschleudert wurde. Vorwärts also, halt, zurück wieder, seitlich ausgewichen, wieder voran − langsam, langsam kam ich aus dem Gewirr der Felsen heraus in tiefes, in freies Wasser. Was nun? Niemand sollte mich sehen, der lange Weg bis zu meiner Hütte war mir zu weit, zu gefährlich, Fischer, Angler, Arbeiter mochten unterwegs sein, konnten neugierig werden, mochten ahnen, was vorgegangen war, hatten vielleicht den Schuß gehört. Ich mußte den Elch verstecken.

Es gelang in einer mit dichtem Schilf bewachsenen Bucht, an der entlang ein Fahrweg führte. Ich verankerte den Elch mit meiner Stakstange, fuhr nach Hause, zog mir trockenes Zeug an und eilte mich, den Chef zu suchen. Als er mich eintreten sah, freudestrahlend, sprang er auf, holte den raren Schnaps aus dem Schrank: „So, mein Freund, hast du ihn, den großen Bullen!?" Dann mußte ich alles erzählen, haarklein, bis hin zur sicheren Verankerung des Hirsches. „Das hast du fein gemacht," sagte der Skogschef, „und jetzt fahren wir mit dem Jeep hinaus und holen den Älgen mit der Seilwinde, MEINEN Älgen, hast du verstanden, mein Freund, MEINEN Älgen, und du hast mir nur geholfen!"

166

Und so geschah es, wir holten den Elch mit dem Jeep und der Seilwinde und wir haben gefeiert bis in die späte Nacht und der Lizenzwhisky zu Ende war.

Das ist die Geschichte von meinem ersten Elch, der mein war und doch nicht mein sein durfte, die Geschichte des Elches, dem viele folgten, aber von keinem von allen diesen war die Erlegung so voller Spannung und Anspannung und so stark von Freude und Glückseligkeit begleitet.

Hunde gibt's...

...die sind verrückter als ihr Herr und mit Sicherheit weitaus degenerierter. Seit vergangenem Winter weiß ich das ganz genau. Es ging also so zu:

Eines schönen Schneemorgens pirschte ich an der Waldkante entlang, eigentlich nur um zu sehen, ob, und wenn ja, wie viele Sauen in die restlichen Zuckerrüben gewechselt waren, die wegen der Nässe im Herbst nicht hatten geerntet werden können. Eine Bewegung weit draußen auf dem Acker ließ mich anhalten und schleunigst in volle Deckung gehen, denn in den Rüben mauste ein Fuchs. Es war nicht zu erwarten, daß er dies lange tun würde, das helle Licht der eben aufgegangenen Sonne würde ihm wohl wenig behagen. Tat es auch nicht.

Nach kurzer Zeit wandte er sich dem Wald zu, und so wie er es tat, müßte er mir auf knapp 100 Meter breit kommen, ein schöner Büchsenschuß. Als er aber so um die 200 Meter von mir entfernt war, entschloß er sich, einen anderen Wechsel zu nehmen und zog quer zu mir her. Da schoß ich dann, ich Rindvieh, hielt etwas über den Fuchs und ging in der Bewegung mit. Es machte Plopp auf dem Fuchs, der fiel um, kam aber gleich wieder auf die Läufe und ging ab. Nicht etwa in den Wald hinein, sondern hinaus ins Feld, über den nächsten Hügel, und war verschwunden. Vorderlaufschuß also, ohrfeigen hätte ich mich können, Schußhitze verdammte, Schußgier elende! Was half's also, Büchse über die Schulter, Schweißhund spielen, dem Fuchs hinterher.

Erst ging es über den Hügel, bis dahin schweißte der Fuchs gut, dann in das nächste Tal und dahinter in ein größeres Feldgehölz, das Brandholz. Dort hörte der Schweiß auf, aber die Spur blieb deutlich im frischen Schnee. Durch das Brandholz war der Fuchs durchgewechselt, wieder auf das freie Feld, auf und durch eine größere Viehkoppel auf einen Berg, auf dessen höchster Höhe die Reste einer Windmühle stehen, das Haupthaus noch heil und vom Arltmüller bewohnt, dem vor wenigen Tagen das 13. (dreizehnte!) Kind geboren worden war, dort an der Ruine der Mühle vorbei, hinüber zum Nachbarn, dem langen Nüßlerbauern. „So — Prost Mahlzeit!" hätte mein Vater gesagt. Nach aller Mühe und fünf Kilometern Fußmarsch im tiefen Schnee war nun auch noch der Balg verloren, wenn ich je den Fuchs kriegte. Aber kriegen werde ich dich! Wir haben ja Gott sei Dank Wildfolge vereinbart, also muß ich nicht bis zum Dorf laufen, ich Weihnachtsmann, ich dämlicher, und mich dort anquatschen lassen. Ich kann dem Fuchs folgen, bis ich ihn habe oder wenigstens weiß, wo er steckt.

Weiter also, den Mühlenberg hinab, durch die Kieslöcher, die dahinterstehenden Kiefernkusseln, bis auf den nächsten Hügel in ein kleines Waldstück. Und dort führte die Spur in einen Bau, sechs Kilometer vom Anschuß. Man lernt halt nie aus.

Nun hieß es also doch kehrt marsch ins Dorf zum Nüßler. Der war grad beim Mittagessen und staunte nicht schlecht, als er mich eis- und schneeverkrustet in die Küche treten sah. Zunächst mal bekam ich einen gehörigen Schnaps zum Aufwärmen, dann den Rest des Schweinebratens mit Klos und Kraut, dazu ein Bier, ein „Seidla" wie man hier sagt. Zu gut deutsch also einen halben Liter und nicht solch preußisches Reagenzglas mit einem Fingerhut Bier darin, wovon man erst den richtigen Durst bekommt. Mit leerem Bauch und durstiger Kehle redet es sich schlecht, das ist altbekannt, also sagte ich so gut wie nichts zur Sache, bis der Hunger gestillt war. Dann erzählte ich die ganze traurige Geschichte. Des Bauern und Jagdherrn Gesicht hellte sich wesentlich auf, als er vom Vorderlaufschuß hörte – denn der entwertet den Balg nicht – und es fing zu strahlen an, als ich ihm schließlich den Endpunkt meiner Revierfahrt nannte. Denn dort, so war ihm klar, gab es nur eine Notröhre, und aus der würde der Wastel, sein Terrier, den Fuchs bald heraus haben, denn der Wastel sei scharf und hätte noch jeden Fuchs gewürgt, wenn es nur überhaupt ging. Ich aber solle dem Wastel nicht zu nahe kommen, die Waden der Menschen hätten es ihm halt auch sehr angetan.

Dann zog sich der Bauer seine Wintersachen an, holte die Flinte aus der Kammer und den Wastel aus dem Zwinger, in dem er schon lange ein Freuden- oder auch Wutgeheul abgelassen hatte, nahm ihn an eine derbe Leine und zog zum Hoftor hinaus, zu Fuß, versteht sich, denn für ein Fahrzeug lag der Schnee zu hoch und mit dem Bulldog wollten wir nicht fahren, ich hätte zu nahe am Hunde sitzen müssen. Ich folgte Herrn und Hund in gebührendem Achtungsabstand.

Im Wäldchen und am Bau angekommen, verteilten wir uns vor der Röhre, der Hund nahm kurz Witterung und schoß hinein. In Sekundenschnelle lag er unter der Erde mit dem Fuchs im Kampf. Es mochten vielleicht drei Minuten vergangen sein, da herrschte im Bau tiefe Stille,

170

der Nachbar schwang sich seine Flinte über die Schulter und meinte: „Gib Obacht, jetzt bringt er'n rauf!" Kaum hatte er das gesagt, da erschien der Stummelschwanz des Hundes und im Fang des Hundes der sauber abgetane Fuchs. Jetzt aber begann ein tragikomische Schauspiel, dem ich als Zuschauer den größten Genuß abgewann, denn das Abnehmen der Beute entwickelte sich zu einer Art Kampf Mensch gegen Tier, der nicht nur langandauernd, sondern auch weithinschallend geführt wurde mit Knurren, Bellen, Fluchen und Brüllen, daß die alten Griechen vor Troja ihre schönste Freude gehabt hätten.

Zunächst aber hatte sich der Hund auf seine Beute gelegt und knurrte uns mit verdrehten Augen an. Da sagte der Bauer: „Schleich dich, sonst hast du den Wastel am Ranzen!" Also schlich ich mich einige Dutzend Meter abseits, hockte mich auf einen Stubben und harrte der Dinge. Die kamen derart, daß der Bauer sich einen tüchtigen Knüppel suchte, auch fand, und sich mit ihm in der erhobenen Hand laut brüllend auf den Hund stürzte. Der ließ den Fuchs Fuchs sein, unterlief den sausenden Schlag und verbiß sich in seines Herren strammer Wade. Als der sich wut- und schmerzschreiend drehte und drehte, ließ der Hund ab, suchte seinen Fuchs und legte sich wieder darauf. Endes des zweiten Aktes.

Nachdem sich der Herr des Revieres und des tüchtigen Hundes ausdauernd die Wade gerieben und nachgedacht hatte, war er genügend gestärkt, einen nächsten Waffengang zu wagen – diesmal mit List. Nach einem kräftigen „Jetzat wer'n mer's glei hab'n!" griff er wiederum zu dem bisher so nutzlosen Knüppel, schwang ihn aber nicht über, sondern wedelte mit ihm vor dem Hunde, was diesen tatsächlich dazu bewog, vom Fuchs zu lassen und sich im Holz zu verbeißen. Mit dem zog ihn der Bauer langsam aber unaufhaltsam von der Beute weg – woraus im übrigen doch mal wieder klar zu erkennen ist, daß menschlicher Geist stets über die Kreatur zu siegen versteht.

Als der Hund samt Stock und Herren so um die 20 Meter vom Bau entfernt den Schnee pflügten, rief mir der Nachbar zu: „So, und nun hol den Fuchs und steck ihn in den Rucksack!" Wider Erwarten gelang dies, ohne die Aufmerksamkeit des Wastel zu erregen, der fest im Stekken verbissen blieb. Schließlich wurde er vom Bauern mitsamt Stock über die Schulter geworfen und Richtung Heimat getragen, wo er dann mit Hilfe eines anderen Stockes losgebrochen werden konnte und murrend in der Hütte verschwand. „Siegst," sagte der Bauer, „allweil geht's net so guat wia heund mit dem Wastel, grad heund hat er sein guaten Tag g'habt!" Aber ich habe nicht gewagt zu fragen, wie es ausgeht, wenn der Wastel den schlechten Tag erwischt. Hunde gibt's halt, die sind damischer als ihr Herr!

Fahnenjunkers Rache

In der kleinen Stadt Ohrdruf im Thüringer Wald war im Kriege die Offiziersschule der Panzertruppen untergebracht. Im Herbst 1942 hatte ich das zweifelhafte Vergnügen, mich auf dem dortigen Übungsplatze drei Monate lang zu tummeln, und das bei kärglichster Kost, die im wesentlichen aus Spinat bestand, gewonnen aus Zuckerrübenblättern, und aus Senf als Brotaufstrich. Was Wunder, daß mein Inspektionsoffizier nach kurzer Zeit die Herren Offiziersanwärter fragte, ob sie aus heimischen Gefilden etwas zur Aufbesserung der Verpflegung beisteuern könnten.

Als ich mich verpflichtete, binnen eines verlängerten Wochenendes zwölf Hasen zu liefern, erhielt ich ungesäumt den sonst höchst unerwünschten Urlaub und traf am Dienstag der kommenden Woche spät nachts mit dem Zuge aus Schlesien kommend wieder in Thüringen ein. Todmüde von der Jagd und anschließender Tanzerei, verschlief ich jedoch die Umsteigestation Gotha und wachte erst in Eisenach auf, mußte den Gegenzug nehmen und kam etwa drei Stunden zu spät in Ohrdruf an. Nach dem alten Soldatenspruch, daß der Mensch zwar dumm sein dürfe, sich aber zu helfen wissen müsse, glaubte ich es besonders listig anzufangen, indem ich durch die Büsche strebend stracks zum Kücheneingang schlich, mich dort meiner Last entledigen wollte, um dann heimlich meinen Lehrgang aufzusuchen.

In besagter Küchentür
jedoch rannte ich direkt
in den obersten Chef
hinein, der das Essen
inspizieren wollte, wo-
rauf sich folgendes ein-
seitige Gespräch ergab:
Der Chef: „Was machen
Sie hier!?" Ich: „Fahnen-
junker von Eggeling
vom Urlaub zurück."
Der Chef: „Wann war
der abgelaufen?" Ich:
„Um sechs Uhr heut
früh, Herr Oberst." Der
Chef: „Und jetzt ist es
neun Uhr! Was haben
Sie im Rucksack?" Ich:
„Hasen, Herr Oberst."
Der Chef: „Aha, auch

das noch! Jagd jewesen! Hasen zum Schwarzhandel mit-
jebracht! Feiner Offiziersanwärter!" So ging es noch
lange weiter, der Chef redete sich in einen Furor teuto-
nicus hinein, und ich stand und stand, Hände an der Ho-
sennaht, 40 Kilo Hasen im Rucksack an den Knien – war
denn der Alte nie fertig? Na endlich holte er ein letztes
Mal Luft, brüllte: „Ich bestrafe Sie mit drei Tagen gelinden Arrest, wegen Zuspätkommens vom Urlaub! Weg-
treten!"

Einwände vorzubringen war völlig sinnlos, ich verharrte
in strammer Haltung, bis der Gewaltige verschwunden
war, lieferte die Unglückshasen in der Küche ab und

174

meldete mich und meine Bestrafung beim Inspektions-leiter. Der konnte später den Chef von meiner völligen Harmlosigkeit zwar überzeugen, vermochte aber nicht meine Bestrafung zu verhindern. Daß ich zu spät zum Dienst erschienen war, blieb halt eine nicht zu leugnende Tatsache. Aber sauer war ich doch und sann auf Rache. Und die Gelegenheit dazu ergab sich nur zu bald.

Auf dem großen Übungsplatz, der zur Kriegsschule ge-hörte, gab es in den unzähligen Dornenhecken eine ganze Menge Fasanen, die uns dauernd über den Weg liefen, wenn wir mit der Gasmaske vor dem Gesicht und ge-dämpften Gesang unsere Feldübungen absolvierten. Kurz nach dem Vorfall mit den Hasen war ein Karabiner-scharfschießen festgesetzt, an dem auch der Komman-deur zugegen war, um unsere Künste zu kritisieren. Plötzlich flog, durch das Geknalle aufgeschreckt, ein Fa-sanenhahn über die Traversen und fiel bald hinter uns in einem kleinen Weißdorngebüsch ein. Jetzt ritt mich der Teufel als Versucher. Frech wie Rotz trat ich vor den Kommandeur, der wie wir alle dem Fasan nachgeschaut hatte, schlug die Hacken zusammen, daß es knallte und er auf mich aufmerksam wurde, und meldete: „Dieser Hahn, Herr Oberst, ist leicht zu schießen!" „Sie bilden sich ein, Junker, den Hahn mit der Kugel schießen zu können?" „Jawohl, Herr Oberst." „Na, dann blamieren Sie sich mal – aber nur in der Luft, hören Sie!" „Jawohl, Herr Oberst, nur in der Luft!"

Allen Mut nahm ich zusammen, es mußte gehen, mußte klappen, sonst war ich blamiert für alle Zeit und bis auf die Knochen. Aber richtig allzuvoll hatte ich den Mund nicht genommen, ich hatte Übung. Die bestand darin, daß unser guter Vater uns schon in Luftgewehrzeiten zunächst einmal darauf getrimmt hatte, nur und ausschließlich freihändig zu schießen und später dazu übergegangen war, uns Konservendosen in die Luft zu werfen, die wir schließlich auch fast immer trafen. Die zweite und entscheidende Übung hatte kurze Zeit vorher in Rußland stattgefunden. Dort lagen wir für einige kurze Wochen in einer Wartestellung in einem ukrainischen Dorfe, auf dessen Anger eine Reihe ziemlich alter Graupappeln standen, die eine Kolonie Saatkrähen beherbergten. Da die Verpflegung geradezu saumäßig war, waren wir gezwungen, aus dem Lande zu leben, in dem aber auch nicht viel zu holen war. Die armen Bäuerlein um ihr letztes Schwein zu bringen widerstrebte uns, Großvieh gab es nicht, Pferdefleisch mochten wir nicht, was blieb, waren die Krähen. Mein Freund Rudi und ich, beide vom Lande und mit den Waffen von Kindheit her vertraut, wurden auserkoren, den Krähen ans Leder zu gehen. Wir schossen sie dutzendweise, sitzend und fliegend, und immer mit Vollmantelgeschossen, die nur kleine Löcher machten. Ich war voll im Training.

Also nahm ich meinen Mut zusammen und den Karabiner so leicht wie nur möglich in beide Hände, ging seitwärts an den niedrigen Busch heran und trat mit einem Fuß in die Zweige. Purr! – ging der Hahn hoch, querab von mir. Ich riß die Waffe hoch, zielte auf den Schnabel, ging in der Bewegung ein Stückchen mit, drückte ab – Gott sei Dank, der Hahn fiel tot wie ein Stein zu Boden. Also holte ich den Fasan, genoß sichtlich den Applaus der versammelten Fahnenjunker, schritt in Richtung Oberst, nahm vor ihm stramme Haltung an, salutierte und meldete: „Fasan, wie befohlen, zur Strecke, Herr Oberst!"

176

„Das ist ja," sagte der, „das ist ja ein dolles Stück, hatte das nie für möchlich jehalten, Junker. Äh, und was machen wir nun mit Vogel?" „Das Jagdausübungsrecht hier steht dem Herrn Generaloberst Guderian zu, Herr Oberst, also schlage ich vor, daß Herr Oberst Meldung machen – sonst heißt es noch, Herr Oberst habe gewildert." „Deubel noch eins, jewildert, sagen Sie, jewildert – Sie sind wohl verrückt jeworden." – Pause –

„Jewildert? Jewildert! Herr, Sie haben doch den Fasan jeschossen, nicht ich!" „Nur auf Befehl, Herr Oberst!" Und dabei mußte ich grinsen – teuflisch wahrscheinlich – und das sah der Alte natürlich. Und plötzlich lachte er, daß ihm der Bauch wackelte und immer noch lachend rief er: „Mensch, det haben Se mir fein jejeben – na Schwamm drüber – dann haben eben wir beide jewildert! Jeben Se det Biest her, denn so wollen wir et ooch zusammen essen. Morjen Abend acht Uhr bei mir, verstanden!?"

Der Fasan hat uns dann prächtig geschmeckt, dem Alten, seiner Frau und mir – und, dem Himmel sei Dank – auf völlig „unerklärliche" Weise verschwand auch der Strafvermerk in meinen Papieren, ich wurde bald darauf zum Leutnant befördert.

Was die Jagd und ein guter Schuß doch nicht alles bewirken können – und ein bißchen Frechheit dazu!

177

Die feine englische Art

Fast seit einem Menschenalter fahre ich in der zweiten Hälfte des Januar in die wildgesegneten Gefilde Südenglands, nicht so sehr, um dort zu jagen, sondern um mich als „beater" und „picker", also als Treiber und Hundemann zu betätigen. Das bin ich meinem alten Freunde Jim schuldig, der bei einem Lord als Oberjäger angestellt ist und Herr und Meister über viele Tausende Fasanen und Rebhühner in einer Parklandschaft von ebenso vielen Tausenden von Hektaren. Noch dazu versucht er, vier bis sechs Jagdaufseher in Trab zu halten nebst mindestens einem Dutzend Hunden aller Rassen und Schlägen vom Labrador zum Spaniel.

Jim lädt mich alljährlich zum „keepersday" ein, das ist der 30. und 31. Januar, an denen die Jagdaufseher die Herren sind und kostenfrei zum Dank für geleistete Dienste selber jagen dürfen. Dann sind wir die Herren des Tages, nehmen anstatt des Treiberstockes die Flinte in die Hand und binden uns einen Schlips vor das Hemd, trinken den Portwein seiner Lordschaft und essen die Wildpastete, die die Schloßköchin köstlich bereitet hat.

Bis aber der 30. Januar herannaht, sind es mindestens sechs Jagdtage, an denen wir den Gästen des Lords die Fasanen oder Hühner zutreiben oder mit den Hunden hinter den Flinten stehen und das erlegte Wild aufsammeln.

Für mich sind das die allerschönsten Tage der weiten Fahrt. Komme ich an Jims strohgedecktem Häuschen an,

178

begrüßen mich stummelschwanzwedelnd die Springerspaniel Whiswhis und Jumbo und der Clumberspaniel Jasper. Wild und ungestüm die ersteren, würdevoll und gemessen der letztere. Wir lieben uns nämlich sehr, bringe ich doch Köstlichkeiten vom Kontinent mit, die sich ein englischer Wildhüter nun einmal nicht leisten kann. Ist die Begrüßung vorbei, die Hunde mit den Proben deutscher Markenindustrie beschäftigt und der Jim mit der Flasche zollfreien Whiskys vom Schiff beglückt, so setzen wir uns nieder, trinken Tee und besprechen den Ablauf der kommenden Jagdtage. Regelmäßig habe ich dann bald den Whiswhis auf dem Schoß und den Jasper zwischen den Füßen, während Jumbo nach getätigter Mahlzeit es vorzieht, in der Nähe des Feuers zu schmoren. Unsere Jagdbesprechung endet damit — regelmäßig und seit Urzeiten althergebracht —, daß mich Jim von Herzen und mit tausend Entschuldigungen bittet, in diesen Tagen doch bitte, bitte, alle drei Hunde zu führen. Er habe doch die Hände voll mit den versoffenen Treibern und den immer nur quatschenden Gästen und könne nicht auch noch zwölf Hundebeine zwischen den seinen beaufsichtigen. Und regelmäßig ziere ich mich eine ganze Weile wegen der hohen Verantwortung, die damit auf mir, dem „bloody foreigner" liegt. Aber innerlich, innerlich jubele ich und freue mich auf die hunderterlei verschiedene Arbeiten, die mich und die Hunde erwarten.

Gebe ich dann endlich „klein bei", seufzt Jim erleichtert auf, reicht endlich den notwendigen Schluck Whisky und erläutert mir zum x-ten Male die unterschiedlichen Charaktere seiner Hunde. Er ermahnt mich, jeden Hund entsprechend seiner Eigenarten einzusetzen und nichts — never ever — zu verlangen, was ihnen nicht liegt. Die

Whiswhis neigt dazu, bei zu häufigem Einsatz ein wenig zu knautschen, Jumbo wird am Nachmittage regelmäßig faul, Strenge nützt nichts, es bleibt nur die Koppel. Jasper aber ist der Allroundhund, der vor allem bei geflügelten Hähnen eingesetzt wird, den sogenannten „runners". Er kriegt sie schon, auch wenn er eine halbe Stunde hinterher sein muß. Auch ist er dornensicher, wasserfreudig und leicht durch Zuruf zu lenken. Allerdings, das allererste Huhn, und nur dieses und niemals einen Fasan, das frißt er auf, das sei nun mal so, Strafe nütze gar nichts, damit müsse man sich eben abfinden, Punktum! „Du mußt meine Hunde schon etwas anders behandeln als deine Moschusochsen!" Meine armen Drahthaarigen, „muskoxen" genannt, was für ein Frevel, aber ich grinse nur, streichele Whiswhis über den Kopf und klopfe dem Jasper die Flanke und alle sind wir sehr, sehr glücklich.

Die nächsten Tage sind voller Anspannung und Aufregung: Jim ist schon bald heiser wie ein Kapitän bei Kap Horn, die Hunde voller Kletten, meine Parka zerrissen, die Hände verschrammt und die Schienbeine blutig. Aber jeder Tag bringt neue Freude, neues Erleben. Die meisten Jagdgäste kenne ich von den Vorjahren her: Da ist der alte Lord F., der so gut schießt, daß eine Nachsuche die äußerste Seltenheit ist, da ist aber auch der Bankier W., der nur selten trifft trotz seiner teuren Flinten, und wenn er trifft, dann flügelt er. Da ist die Königliche Hoheit mit dem von der Mutter ererbten scharfen Blick des Hundemannes, der alle Fehler sieht, die man macht, fast noch bevor sie geschehen sind. Da sind die vielen anderen Schützen mit ihren guten und schlechten Tagen. Bei Tagesstrecken von um die 300 Fasanen und meist mehr als 100 Hühnern schätze ich, daß etwa 10 - 15 % des Wildes durch Nachsuchen zur Strecke kommt. Das sind für die je Jagdtag verwendeten fünf Hunde, die mit ihren Führern hinter den Flinten stehen, so rund 15 echte Arbeiten pro Hund und Tag. Dabei das normale Aufsammeln tödlich getroffenen Wildes nicht mitgerechnet. Wild, das hinter oder bei den Schützen zu Boden fällt, wird sofort aufgenommen, das stört nicht, sondern beschleunigt den Jagdablauf. Gefahr ist auch nicht dabei, denn es wird nur nach oben geschossen – Haarwild ist tabu.

Am allerliebsten stehe ich mit meinen Hunden hinter David, einem Baronet aus der Nachbarschaft, dessen ihn als Flintenspanner begleitende Frau jeden seiner Schüsse mit heller Stimme kommentiert: „tot" oder „weichgeschossen" oder „geflügelt". Dann kann ich schnell und je nach Bedarf einen der Hunde losschicken, noch ehe der Vogel die Erde berührt hat. Whiswhis als der Schnellste der Hunde ist berühmt dafür, daß er Flugrichtung und Fallwinkel des Wildes berechnen kann. Oft genug habe ich es erlebt, daß sie den getroffenen Fasan in der Luft fing, durch die Wucht des Aufpralles mit dem Vogel im Fang rollierte – aber nie losließ – und ihn im gestreckten Galopp brachte, schon mit den Augen am Himmel, ob nicht noch ein Fasan herunterfiele.

Fast nie brauche ich die Hunde aufzukoppeln, sie sitzen wie die Bildstöcke neben mir. Nach Weichschüssen oder bei Wild, das geständert noch weit streicht, ist es Jasper, der an die Reihe kommt. Aus langer Erfahrung weiß er, was er zu tun hat. Seine Arbeit beginnt erst 100 Meter oder noch weiter hinter der Linie. Schnurgerade läuft er in die allgemeine Richtung und fängt erst weit hinten an kreuz und quer zu suchen, bis er das Geläuf gefunden hat.

Und dann läßt er nicht locker, auch wenn es lange, lange Zeit dauert, bis er findet. Weil aber die Treiben in aller Gemütsruhe ablaufen und am ganzen Tage nicht mehr als acht oder zehn Hügel genommen werden, finden wir immer den Anschluß zur rechten Zeit.

In manchen Treiben wachsen unter den schütteren Eichen so viele Brombeeren, daß für die Treiber kein Durchkommen ist. Aber Jumbo schafft auch das! Jeden Abend verpflastern wir ihm dafür Lefzen und Augenlider und ziehen ihm Dornen aus den Ballen. Seine Passion bleibt ungebrochen, ist er auch noch so lädiert.

Im vergangenen Jahr habe ich mit Jasper einen Hahn über zwei Stunden lang gesucht, bis wir ihn fanden. Das ganze hatte eine sehr besondere Bewandtnis:

Es war im letzten Treiben des sehr guten Tages, an dem die Fasanen hervorragend flogen und die Hühner nicht nach den Seiten ausbrachen. Gegen Ende des Treibens blies der alte Obertreiber „Mister" Applewine – er heißt wirklich so! – seine Trillerpfeife mit dem langen Ton des Abblasens und jedermann entlud seine Flinte. Da aber fiel von der Flanke her noch ein einzelner Schuß auf einen hohen, von weit her streichenden Hahn. Wie ein Walroß stampfte der Obertreiber auf den Schützen los: „Wie, zum Teufel, kommen Sie darauf zu schießen, wenn ich abgeblasen habe?!" Und der Prinz, dem das Malheur passiert war, zog artig die Mütze, entschuldigte sich und sagte, daß er noch nie an einem Tage 100 Hähne geschossen habe, und dies wäre der Hundertste gewesen, wenn er ihn nicht gefehlt hätte. Da zog auch der alte Applewine seine Mütze, denn er sah erst jetzt, mit wem er es zu tun hatte, nahm Haltung an und sagte, leise aber sehr bestimmt: „Königliche Hoheit, und wenn es der tausendste Fasan des Tages gewesen wäre, wenn ich meine Pfeife blase, dann wird nicht mehr geschossen, denn von da an stehen Menschenleben auf dem Spiel und die gelten mehr als jeder Fasan!" Und der Prinz verbeugte sich und sagte noch einmal: „Es tut mir leid und es soll nie mehr geschehen!"

Ich aber hatte gesehen, daß der Hahn im Schuß ein klein wenig geruckt hatte, er mußte ein, zwei Schrote weich bekommen haben, das sagte ich dann auch. Und der Prinz sah mich scharf an und meinte: „Es wird nicht gemogelt, ich komme bei der Nachsuche mit!"

So suchten wir und drei Hunde hinter dem Berge in Eichen und Dornen, in Haselgestrüpp und Holunder, bis es fast stockdunkel wurde und wir endlich den Vogel fanden.

Die Jagdgesellschaft aber wartete frierend und voller Sorge um ihren Thronfolger, der mit diesem verdammten Ausländer allein unterwegs war und nicht wiederkam und begrüßte uns samt dem fröhlich geschwungenen Hahn mit einem dreifachen Hipp-hipp-hurra. Jasper aber, der den Hahn gefunden hatte, erhielt ein gehöriges Trinkgeld, von dem Jim und ich uns am Abend einen gewaltigen Rausch antrinken konnten. Daran, daß Jasper, der Hund und nicht wir Menschen, die wir am umgebundenen Schlips als „gentlemen" zu erkennen waren, das Trinkgeld erhielt, daran ist mal wieder die besondere, die feine englische Art zu erkennen!

Jasper aber, samt Whiswhis und Jumbo, hat das ganze Trara und die Besonderheiten der High Upper Class völlig kalt gelassen. Sie schliefen mit ausgestreckten Pfoten am Kamin und träumten schon vom nächsten Jagdtage.

Patschjagd

Es ist schon seltsam, wie manche Ereignisse den Menschen altern lassen. Bei mir war es ein hartnäckiger Nierenstein. Vorher schoß ich eine leidliche Flinte, manche Leute behaupten sogar, daß ich „wie Gift" schösse – na, das war übertrieben. Nach der Entfernung des corpus delicti kam ich mir vor wie ein Greis auf dem Dache, jede Bewegung geriet mir nur in Zeitlupe. Meilenweit war ich mit meinen Schrotschüssen hinter dem Ziel her. Und das ausgerechnet in einer Jahreszeit, in der es darauf ankam, das mir angebotene Wild zu treffen, dazu noch im Ausland, in Holland nämlich.

Ich habe dort einen guten Freund, der den Vorzug hat, gleich in mehreren Jagden beteiligt zu sein, und jede Jagd ist für sich ein Schmuckstück. Die eine liegt in der Scheldemündung, ist platt wie ein Brett und von Deichen umschlossen. Sie liegt ziemlich tief unter dem Wasserspiegel des Flusses, weshalb der Horizont gelegentlich von den Masten und Aufbauten eines Ozeanriesen begrenzt wird, der über uns auf der Schelde gen Antwerpen fährt. Diese Jagd wäre unsagbar langweilig, wenn sie nicht im Winter von Tausenden von Gänsen heimgesucht werden würde, die in den königlichen Saaten zu Schaden gehen, indem sie den Weizen mitsamt den Körnern aus der Erde ziehen. Jagd findet dort also nur auf Gänse statt, ein Vergnügen, zu dem man sich ganz schnell entschließen muß, denn wenn der Freund anruft, daß Nebel oder Sturm im Anzug seien, muß man ja oder nein sagen und losfahren, was das Zeug hält. Schlägt nämlich das Wetter wieder um, sind die Aussichten zu Schuß zu kommen nur noch gering; auch die Blessgänse sind kluge Vögel und genauso scharfsichtig wie ihre ganze Verwandtschaft.

Die zweite Jagd, an der der Freund beteiligt ist, liegt zwar auch an der Küste, jedoch in den Dünen. Hier wimmelt es in Jahren ohne Myxomatose von Kaninchen. Fasanen sind auch reichlich vorhanden, dazu ein kleiner aber feiner Rehwildbestand mit Böcken, nach denen man sich die Finger schlecken kann.

Die dritte Jagd endlich besteht mehr oder weniger aus Baggerseen, die bei dem Bau der Autobahnen entstanden und zum großen Teil in den vergangenen Jahren rekultiviert wurden, d.h. man hat die Ufer abgeflacht und buchtig gestaltet. Schilfzonen sind entstanden und Inseln aufgeschüttet und angepflanzt worden. Dort gibt es geradezu unglaublich viele Enten, Stockenten meist, aber ab Ende September auch alle möglichen Arten anderer Schwimm- und Tauchenten. Letztere vor allem dann, wenn ein Sturm tobt und die Vögel ins Binnenland getrieben hat.

Die Jagd findet in aller Regel beim Morgeneinfall statt. Man wird in tiefster Dunkelheit mit einem Kahn zu weit draußen im Wasser verankerten Tonnen gefahren, in denen man es sich so bequem macht, wie das eben in Tonnen möglich ist. Also steht man meist mit den Füßen im Wasser und lehnt sich mit den Ellenbogen auf den Rand, die Flinte in Querhalte und die reichlichen Patronen in Hüfthöhe auf einem im Innern der Tonne angebrachten Brettchen. Wird es dann allmählich hell und die Enten kommen in riesigen Schoofen vom Felde heim, dann duckt man sich tief in sein Gefäß, Popo an der einen

Wand, linker Ellenbogen auf dem Patronentischchen, Flinte in die Höhe. Reichlich unbequem, aber es geht ganz gut, wenn man nicht allzu dick ist oder allzu lang. In dem Augenblick, in dem sich die Enten entschließen einzufallen, die Flügel zusammenklappen und in einer Art von Dreh-Schraubenbewegung, dazu noch wackelnd wie ein erfolgreicher Nachtjäger, zu Wasser stürzen, muß man aufspringen. Nein, das ist falsch, denn dann wackelt auch die Tonne, also man muß sich sorgsam getrimmt erheben und hat dann alle Gelegenheit, seine Schießkünste unter Beweis zu stellen. Es gibt Menschen, die in solcher Lage ganz ausgezeichnet treffen und es gibt Menschen, die in eine Art von Taumel des Überwältigtseins verfallen und dann entweder nur noch vorbeischießen oder aber — und das ist das Schlimmere — auf alles Dampf machen, was fliegt.

Da war doch dieser weltberühmte Ornithologe, vor dem alle den Hut zogen, und der nach seinen Reden und Schriften zu urteilen, die Jagd als üblen Blutsport bezeichnete. Also dieser berühmte Mensch, der bei einigen sehr verschwiegenen Freunden dennoch auf die Jagd ging, stand eines guten Morgens in seiner Tonne und die Enten kamen wegen des Sturmes in unglaublichen Mengen, von rechts, links, vorn und hinten. Der Herr lag in rollendem Feuer. Daß er traf und sogar gut traf, hörten wir am Aufklatschen der getroffenen Vögel, das fast jedem seiner Schüsse folgte. Als es dann etwas heller wurde, sahen wir die ganze Bescherung: Rund um die Tonne des Gastes lagen zwar sehr viele Stockenten, die als einzige im August Jagdzeit haben, aber leider auch ziemlich viele noch oder überhaupt ganzjährig geschützte Vögel. Das veranlaßte meinen Freund zu einer weithin über die Wasser schallenden Brüllkanonade. Durchaus verständlich, denn der Freund bekleidet einen ziemlich hohen Posten der holländischen Jagdhierarchie.

Die ebenso laut gegebene Antwort des berühmten Mannes war nicht eben druckreif für eines seiner wildfreundlichen Bücher: „Yes, yes, I see", rief er, „but it's ducks only, nothing to worry about!" Diese Einäugigkeit in der Beurteilung der Schutzwürdigkeit seltener Vogelarten war dann der Anlaß dafür, daß der hohe Herr nie mehr eine Einladung erhielt. Wir aber machten wieder einmal die Erfahrung, daß Jagd zwar nicht den Charakter verdirbt, ihn aber schonungslos bloßlegt.

Gut und schlecht also, kehren wir wieder zu meiner Geschichte zurück. Der Nierenstein war raus, fahrtüchtig war ich auch wieder, ob auch schießtüchtig, würde sich zeigen. Ich fuhr gen Holland, unweit des Iysselsees, kam gut an, und wurde mit „zeer oude Genever" und Spiegeleiern „meegebacken" geatzt. Ich legte mich in die Falle und wurde vor Tau und Tag vom Kurzhaar des Freundes geweckt, der mir quer über das Gesicht leckte. Passender Anfang für einen nassen Tag.

Es ging ein fürchterlicher Wind an diesem dunklen Morgen, die Tonne wackelte und schwankte mit den Wellen. Das ist wie auf einem vor Anker liegenden Segelschiff im Sturm und fördert die Seekrankheit ganz ungemein. Mir wurde aber nicht übel – leider – denn dann hätte ich eine plausible Entschuldigung gehabt für das, was ich in der nächsten Stunde anrichtete: Gar nichts nämlich! Im Nachhinein erinnert mich dieser Morgen an die Geschichte von den Verteidigern einer Burg, deren Pfeile

188

durch einen Dauerregen so feucht und morsch geworden waren, daß sie meist schon auf dem Bogen zersprangen, spätestens aber auf halbem Fluge.

Es geschah also, daß ich mit einem maximalen Aufwand an Patronen ein absolutes Minimum an Erfolg hatte. Auf deutsch gesagt: Mit mehr als 100 Schuß traf ich nicht eine einzige Ente. Cannae muß für die alten Römer dagegen ein wahres Erfolgserlebnis gewesen sein. Ich war nach Ende des Morgenstriches völlig in Schweiß gebadet, dazu restlos verwirrt, tief beschämt und nur ein Geringes vom Selbstmord entfernt – mancher von Ihnen wird diese Gefühle auch schon gehabt haben, denke ich. Der Freund, der mit stets wachsendem Erstaunen von ferne zugeschaut hatte, kam wortlos mit seinem Kahn angerudert. Seine Miene sprach Bände. Schweigsam traten wir den Heimweg an, schweigsam fuhren wir mit dem Auto zu seinem schönen Haus, schweigsam vertilgten wir den Morgenkaffee, lehnten uns dann in den Sesseln zurück und sahen uns in die Augen.

„Das ist“, begann der Freund, „ein völlig neues Erlebnis für mich. Es zeigt mir, daß du nicht mehr fähig bist, die Enten auf eine vernünftige Art zu bejagen. Wir müssen einen anderen Plan machen.“ Der Mann ist immer so direkt, ich war das gewöhnt, diesmal aber zuckte ich doch zusammen, mein Stolz und meine Ehre waren zerbrochen, jede Widerrede zwecklos. „Wir werden also, um dir und deiner verlorenen Schießkunst einigen Auftrieb zu geben, eine Patschjagd veranstalten. Jetzt solltest du ruhen, im ‚Nederlands Jager‘ lesen, dich beruhigen und heut abend werden wir dann weitersehen.“ Sagte es und entfernte sich zu seinem Tagwerk.

Ich verlebte einen Tag in mittlerer Geistesgestörtheit, mit mir und der Welt zerfallen.

Am Abend luden wir Hunde, uns und Patronen in sein Auto und fuhren weit ins Hinterland in einen alten Buchenwald, wo wir am Rande parkten, unser Zeug ausluden und ohne viel Worte im Unterholz verschwanden. Was das ganze sollte, ahnte ich nicht. Ich hatte auch gar nicht die Lust und Traute, den Freund um nähere Aufklärung zu bitten. Im Hirn allerdings kreiste es mir herum: Patschjagd – was ist das?

Mitten in dem alten Buchenwald war ein kleiner See, so um die 100 Meter lang, aber nur 20 Meter breit. An seinem östlichen Ende befand sich im Wald eine Blöße, sonst war das Wasser von Bäumen dicht umstanden. Als wir an dieser Blöße angekommen waren, zeigte der Freund auf einen Erlenbusch am Wasser und sagte, ich solle mich hinter diesen Baum stellen, er ginge auf die andere Seite des Gewässers und würde, sobald die Enten eingefallen seien, mit einem Stock ins Wasser patschen. Dann kämen mir die Tiere wie auf Stand 1 beim Tontaubenschießen, allerdings erheblich langsamer als eine Tontaube, dazu auch noch gegen den Abendhimmel. Ein Vorbeischießen sei eigentlich kaum möglich. „Aber," so sagte er, und sein Gesicht verzog sich vor Mitleid oder Hohn, „du mußt beachten, daß die Enten im starken Steigflug sind, also halte nicht vor, sondern auf das Ziel!"

Den unparlamentarischen Fluch, den ich ausstieß, hörte er schon nicht mehr, er verschwand zwischen den Bäumen. Das also ist Patschjagd – eine Jagdart für Greise,

Anfänger und imbezile Schwachsinnige. Das mir! Mein Trübsinn schlug augenblicklich in Wut um.

Es kamen dann mit der beginnenden Dämmerung auch die Enten. Das erste Schof ließ ich einfallen und hochpatschen. Die Schüsse waren wirklich wie auf Stand 1 — mein Zorn wuchs, Schmerzen und Mattigkeit waren vergessen, der Adrenalinspiegel hochgepuscht.

Dann kamen sehr viele Enten — wohl wegen der Buchekkern. Ich dachte gar nicht mehr daran, sie auf das Wasser zu lassen. Wie in Trance, wie in alten Zeiten, mit Zielfassen und Vorschwingen, mit gleitendem Schwung aus der Hüfte und zierlichem Heben des Fußballens wurde ich meine Schüsse los. Und sie trafen, sie trafen fast immer. Als ich 25 Enten geschossen hatte, machte ich Schluß, rief „Jagd vorbei" und „Komm her!" — und hatte mein seelisches Gleichgewicht wiedergefunden.

Grinsend kam der Freund und lachte über alle vier Bakken, als er mich sah. „Siehst du", rief er, „die beste Medizin für einen schlechten Jagdtag ist die heilsame Wut über sich selbst, nicht aber Trauer und Schuldgefühl!"

Seither mußte mir nie mehr das Wild „gepatscht" werden. Hatte ich mal einen schlechten Tag, dann dachte ich an jene Stunden in Holland, in denen mich ein Freund kurierte, ein Freund, der diese Bezeichnung wirklich von Herzen verdient. Denn Freundschaft im Leben wie auf der Jagd, das ist auch ein bißchen Psychologie: Du erkennst den wirklichen Freund erst dann, wenn es dir saumäßig dreckig geht und der andere dir mit aller Kraft aus der Patsche hilft — und sei es „gepatscht!"

Unfälle

Als ich in München losfuhr, fing es zu regnen an. In der Höhe von Rosenheim schüttete es bereits, in Trostberg goß es wie aus Kannen, und was in Wiesmühl los war, ist nicht zu beschreiben: Voralpengüsse halt, und die dauern oft tagelang.

Der Jagdherr begrüßte mich dennoch frohen Mutes, wenn auch stark hinkend, denn ihm war die morsche Hochsitzsprosse unter den Füßen gebrochen – kein Wunder bei dieser Dauerfeuchtigkeit. Jagd wäre bei jedem Wetter möglich, meinte er, man müsse sich eben nur gescheit anziehen, vorher einen oder mehrere Schnäpse trinken und ein trockenes Taschentuch für Brille und Fernglas mit sich führen. Mein Einwand, daß es bei solchem Wetter weitaus gescheiter sei, sich an den warmen Kamin zu setzen, Kaffee zu trinken und den guten Apfelstrudel – warm natürlich und mit eiskaltem Schlagrahm – zu essen, wurde hinweggewischt mit der Bemerkung, daß er mich hierzu nicht eingeladen habe, sondern um seinen Bockabschuß zu erfüllen, mit dem er weit hinter dem Plan her sei. Und im übrigen, ich sähe doch, daß er nicht laufen könne, geschweige denn auf eine Leiter klettern. Diesen Freundschaftsdienst könne ich nicht verweigern, ich solle mich doch nicht so haben, das bißchen Regen würde ich schon aushalten. „Hier", sagte er, „hast du den Schlüssel für die Hütte, dort ist alles gerichtet. Ich setze dich auf die schöne Leiter an der Traun, hole dich bei Dunkelwerden ab und bringe dich zur Hütte. Von dort aus kannst du morgen in der Frühe pirschen gehen, soweit du willst."

„Na also", sagte er, als ich gottergeben nickte. Wir fuhren in seinem klapprigen Jeep erst einmal kreuz und quer durch das Revier, möglich doch, daß irgendwo ein passender Bock stünde, den ich dann anpirschen könnte. Nichts war zu sehen, natürlich, es hätte auch an ein Wunder gegrenzt, wenn nur ein einziges Reh bei diesen Strömen kalten Wassers auf die Idee gekommen wäre, die vergleichsweise trockene Deckung zu verlassen. Wir sahen also außer einem nassen Bussard nichts. Schließlich landeten wir an dem Sitz über der Traun, ich wurde abgesetzt, erklomm die Leiter und schliefte in das Gehäuse der Kanzel ein. Dort roch es mehr denn je nach toten Fliegen, altem Zigarrenrauch und klammer Feuchte – wie es eben so ist auf Kanzeln, die selten gelüftet werden – grauenhaft!

Die frühen Abendstunden gingen vorbei, auf dem Pappdach des Gehäuses trommelte der Regen. Vom schönen Alpenblick war nichts zu sehen, die Traun schimmerte durch milchige Vorhänge zu mir herauf, die Rehe blieben in voller Deckung. Endlich wurde es dunkel, ich hörte den Jeep kommen, die Tortur war vorbei. Auf der Hütte konnte ich mich gründlich an den reichen Vorräten laben, machte mir ein den Umständen entsprechend sehr opulentes Abendmahl. Will heißen, ich verbesserte meine Laune mit einem in Slivowitz sacht gebratenem Huhn samt Schupfnudeln, und trank dazu einen Tiroler Roten. Anschließend las ich in uralten Jagdzeitungen und ging früh zu Bett. Draußen trommelte der Regen. Als am nächsten Morgen der Wecker ging, hatte sich nicht viel geändert, der Regen trommelte zwar nicht mehr, er war aber doch noch deutlich hörbar. Ich hätte also eigentlich gern weitergeschlafen, traute mich aber nicht und

194

pirschte lustlos in das frühe Grau des Tages. Es versteht sich von selbst, daß ich nichts sah.

Der anschließende Schlaf war sehr erquickend, oder besser, er hätte es sein können, wenn nicht schon bald der Freund erschienen wäre, der – wie er sagte – sich von der Arbeit losgerissen hätte, um nach mir und der Beute zu sehen. In Wahrheit sollte ich ihm ein schönes Mittagsmahl kochen, denn, wie sich herausstellte, war die edle Gattin in die große Stadt verreist, die heimatliche Küche war kalt. Also briet ich uns aus den reichlichen Vorräten ein schönes Pfeffersteak, dazu Bratkartoffeln aus ganz dünn geschnittenen rohen Erdäpfeln mit Speck und einem Hauch Zwiebeln. Als wir die zweite Flasche Roten getrunken hatten, verließ mich der Freund und ich ging nahtlos in den Nachmittagsschlaf über. Es regnete noch immer, wenn auch dünn.

Als ich aufwachte, war mir sehr eigenartig zu Mute, denn es war totenstill: Der Regen hatte aufgehört, tatsächlich, es schien sogar eine milchige Sonne durch den Dampf. Also nichts wie los!

Wälder und Felder waren wie in Wasser getaucht, aus jedem Baum perlte es, aus jedem Strauch tropfte das Naß, die Felder glitzerten vor Feuchtigkeit, die Wiesen waren wie mit Diamanten besät. Es war eine Lust zu leben, endlich wieder.

Als ich über den letzten Hügel vor der tief eingeschnittenen Traun ankam, stand dort unmittelbar am Absturz ein einzelnes Reh, ein Bock wie sich zeigte, Abschußbock wie sich weiterhin erahnen ließ. Dennoch waren es gute

300 Meter bis zu ihm hin, und der aufsteigende Wasserdampf machte ein sicheres Ansprechen unmöglich. Im Hochwald konnte ich lautlos näher herankommen, bis auf leidliche Schußentfernung sogar, konnte hinter einer dikken Fichte Posten beziehen, den Bock näher betrachten. Er stand immer noch an gleicher Stelle, schüttelte sich hin und wieder, und genoß die Abendsonne. Das Glas zeigte ein graues Gesicht, einen dicken Träger, fahlrote Decke und ein fast endenloses Gehörn, aber mit dicken Stangen und guten Perlen bis obenhin.

Im Schuß war der Bock verschwunden. Ich lobte mich, lud die Büchse durch, wartete die obligatorische Zigarettenlänge und stapfte durch die Wiese zum Anschuß. Dort war nichts, gar nichts, kein Bock, kein Schweiß, nichts! Gleich dahinter aber der Felsenabsturz zum Fluß, so um die acht oder zehn Meter tief, und darunter ein Dschungel von Hasel- und Buchenaufschlag und jungen Fichten. Der Bock mußte hinuntergestürzt sein und irgendwo in diesem dichten Zeug liegen.

Wer schon einmal mit Gummistiefeln im Fels geklettert ist, weiß genau, was auf mich zukam. Ich bin aber noch ganz rüstig und schaffte es ohne Unfall, die Felswand hinabzuklettern, fand unten eine Schleifspur und bald darauf auch den Bock, brach ihn auf, ließ ihn ausschweißen, lud ihn mir auf den Buckel und sah zu, daß ich wieder auf die Wiese kam. Links von mir war so ein Grasband, das schräg nach oben lief. Bis zur Hälfte ging es ja ganz gut, dann aber faßten die Gummistiefel keinen Halt, ich rutschte erst, dann fiel ich, vom Gewicht des Bockes nach hinten überkippend. Und dann war alles schwarz um mich.

Als ich wieder zu mir kam, lag ich auf dem Rücken, der Bock neben mir, meine Seite tat höllisch weh, das Aufstehen war eine echte Qual. Luft bekam ich auch nicht genug. Also blieb ich erstmal in Hockgrabstellung stehen — denn nur so war der Schmerz erträglich — und wartete auf Linderung. Leider brachte auch die dahinströmende Zeit keine Besserung, also ließ ich Bock Bock sein, kroch auf allen Vieren den Hang hinauf und schlurfte in gebückter Haltung, jammernd und fluchend, der Hütte zu. Die Nacht wurde fürchterlich, meist stehend, mal auch sitzend, mitunter herumwandernd, verging sie im Schneckenschritt.

Gegen Morgen kam der Jagdherr, hörte sich meine Geschichte an und meinte, daß so zwei, drei Enzian mit Sicherheit völlig ausreichend seien, um mich wieder auf die Läufe zu bringen. Da auch der vierte Schnaps nichts änderte, wurde auf mein immer drängenderes Bitten beschlossen, die Sache dem Arzt vorzutragen. Der röntgte mich und stellte drei gebrochene Rippen fest, wahrhaft kein Grund zur Freude, denn die Heilung dauert bekanntlich wochenlang. Und so war es dann auch, es verging die erste Blattzeit meines Lebens, die mich nicht im Revier sah.

Nun, die ganze Geschichte hat eigentlich – auch im Nachhinein – nur geringe Würze, aber ich bestehe dennoch auf ihrer Veröffentlichung, als Mahnung und Warnung für alle angehenden Jäger, die sie lesen sollten.

Sehen Sie, ich habe in meinem Leben dreimal unter der Sau gelegen bei Nachsuchen, ich bin zweimal mit einem angesägten Hochsitz zusammengebrochen, ich bin einmal mit einem Schneebrett in die Tiefe gefahren. Mir hat der Dorn hinter der Schaufel eines Damhirsches beim Herumschlagen des Hauptes Gummistiefel und Fuß durchschlagen, ich habe mir bei der Jagd – wie berichtet – drei Rippen gebrochen, und schließlich haben mich zweimal unangenehme Zeitgenossen mit Schrot Nr. 3 bepflastert. Kurzum, die Jagd hat mich zum halben Krüppel gemacht. Wenn Sie, liebe junge und angehende Jäger und Jägerinnen, dies alles in Kauf nehmen wollen und dazu noch den nicht ausbleibenden Spott Ihrer Freunde, na, dann mal los.

Aber ich frage mich nun wirklich, wie so manche Leute nur auf die Idee kommen, daß Jagd ein Vergnügen sei und eine Freude und dazu noch behaupten, man ginge voller Schußgier und Trophäenlust in den Wald. Ich aber sage Ihnen, Jagd ist eine elende Strapaze, vor allem bei Regenwetter und in Gummistiefeln, und Ihres Lebens sind Sie keinen Moment sicher.

Andere Naturnutzer

Was das Publikum im Walde anbetrifft, bin ich von meiner langjährigen Tätigkeit im Forstamt Nürnberg allerhand gewöhnt, was mich glauben ließ, ich sei gegen jede Art von Belästigung bis hin zu offener Feindschaft gerüstet.

Da war jener Arzt, der von mir verlangt hatte, ich solle einen ausgetrockneten Weiher wieder auffüllen, da das Quaken der Frösche seine einzige Sonntagsfreude sei, wenn er gegen Mittag dort hin pilgere. Es war nur mit Mühe möglich, dem guten Mann klar zu machen, daß im Oktober auch im randvollen Teich kein Frosch quaken würde. So harmlos dies Erlebnis war, so wenig war es das folgende: Bei einer Revierfahrt an einem glühendheißen Sommersonntag, an dem alle Forstbeamten angewiesen waren, unentwegt auf Feuerstreife zu gehen und zu fahren, wurde ich von einem Manne mit ausgebreiteten Armen aufgehalten, der allen Ernstes behauptete, daß ich am Feiertage kein Recht hätte, mich im Walde aufzuhalten, meine Dienstzeit wäre am Freitag, Punkt drei Uhr nachmittags abgelaufen, er sei Jurist und müsse das wissen. Den Weg gab er erst frei, nachdem ich ihm gedroht hatte, ihn vorläufig festzunehmen und wegen Nötigung zu verklagen.

Ganz schlimm war dann die Sache mit den Rockern auf Motorrädern, die mich mit Fahrradketten bedrohten. Vor denen mußte ich mit durchgeladener und entsicherter Waffe den langsamen Rückzug antreten, allerdings nicht, ohne mir einige Nummern der Maschinen gemerkt zu haben. Das hatte für die Besitzer später ein recht unerfreuliches Nachspiel.

Kurzum, ich glaubte, allen nur möglichen Situationen gegenüber gewappnet zu sein und ahnte nicht, wie sehr ich mich täuschte.

Es war zu Beginn der Gamsbrunft in den bayerischen Bergen, wohin mich die Güte eines Jagdherren eingeladen hatte. Ich solle, so hieß die Botschaft, früh gegen sieben Uhr dort und dort am Fuße einer Seilbahn eintreffen, hier würde mich der Berufsjäger empfangen, mit mir hinauffahren und auf die Pirsche gehen. Der Ort lag in tiefster Ruhe, als ich ankam, es war ja auch noch dunkel. Ich fand die Seilbahnstation und an ihr den Jäger, den ich kannte, denn ich hatte ihn einstens nach der Revierjägerausbildung geprüft. Das Auto wurde auf dem leeren Parkplatz abgestellt, in wenigen Minuten war ich zum Abmarsch bereit, die Gondel öffnete sich und bald entschwebten wir aus dem dunklen Tal in die schon zart getönten Berge hinein. Die Bergstation war genauso leer, wie es die Talstation gewesen war. Von ihr aus schritten wir fürbas so um die 100 Höhenmeter den Berg hinauf und kamen an eine weitere Seilbahn, diese allerdings von primitivstem Charakter: Eine sogenannte Mistbahn!

Dem Unkundigen sei gesagt, daß Mistbahnen jene Art von Seilbahnen darstellen, mit denen der Bergbauer den Mist seiner Kühe von einer tieferen Alm – dem Unter- oder Mittelleger – auf die Hochalm führt. Das Transportgefäß ist weder eine Gondel noch sonst ein geschlossener Raum, sondern schlichtweg ein Brett. Dieses hängt mit drei Seilen an der Rollen am Tragseil. Der Transport von Menschen auf diesen Vehikeln ist vernünftigerweise untersagt. Auf Weisung des Berufsjägers machte ich es mir auf dem Brette einigermaßen bequem, ließ die Füße in den Abgrund hängen und nahm die Büchse quer über die Knie, mit den Händen hing ich an zwei Seilen. Auf die Frage „Ham's auch recht kommod so?" nickte ich gottergeben, der Jäger riß an einem Signalseil, setzte sich auf das nachfolgende Brett und ab ging die Post, schaukelnd, stockend und laut quietschend.

Nun bin ich zum Glück absolut schwindelfrei und konnte den herrlichen Blick in die Berge voll genießen. Auch ein aus unbegreiflichen Gründen erfolgender längerer Halt, der mit heftigem Schwanken des Brettes im Morgenwind verbunden war, konnte Freude und Genuß nicht dämpfen. Grad unter mir saßen doch um die sechs oder acht Gams, zum Greifen nahe, ein ganz braver Bock war auch dabei. Sie saßen dort und genossen wie wir die Aussicht in das noch dämmerige Tal. Ein herrlicher Auftakt eines schönen Jagdtages. Oben angekommen, dankten wir dem Senn, der uns aufgeseilt hatte, schritten einen Kammweg entlang, der über einer Schlucht zu einem Latschenfeld führt, hinter dem dann die eigentliche Pirsche des Tages beginnen sollte.

So weit aber kamen wir nicht, denn aus der Schlucht heraus entwickelte sich ein Gamsrudel, das sich ziemlich schnell zu uns heraufäste und sichtlich bestrebt war, über den Sattel in die Latschen zu kommen. Wir hatten uns natürlich sofort hinter ein paar Felsbrocken versteckt, sahen auch gleichzeitig den guten alten Bock, der etwas hinter seinen Damen zurückgeblieben und hochjagdbar war. „Also dann", sagte der Jäger. Ich kroch vom Steig in die den Gams abgewandte Seite des Berges, eilte um die 200 Meter vorwärts, schob mich wieder auf den Steig und hatte nun den Bock auf gute Schußentfernung vor mir. Er lag im Knall mit hohem Blattschuß!

So weit, so gut, so langweilig. Ein richtiges Gamsjagern war das nun wirklich nicht – sieht man mal von der Mist-

bahn ab. Aber ich bin eben ein komischer Mensch, je
älter, desto mehr. Fehlt beim Jagen die Poesie, das hohe
Erleben, ist nicht ein bißchen Können und Kunst dabei,
ein bißchen Hoffen und Verzagen, dann war der Jagdtag
kein voller Tag und ich habe am Abend ein schlechtes
Gewissen davon. Grad nur das Glück der Stunde zu nutzen, bin ich wohl inzwischen zu alt, vielleicht ja auch zu
verwöhnt und abgebrüht. Wer will das wissen, wer kennt
sein Herz?

Wir brachen den Bock auf, hängten ihm zum Ausschweißen in eine Krüppelfichte und hielten eine bedächtige
Brotzeit. Es war inzwischen neun Uhr.

„Ja also", meinte der Jäger nach kaum genossener Wurst
und Tee, „wir sollten schauen, daß wir wieder hinunter
kommen!" „Warum?" fragte ich, aber mir blieb fast das
Wort im Halse stecken, denn von unten her, von der
Bergstation der Seilbahn, links unter uns, so um die 300
bis 400 Höhenmeter entfernt, erhob sich Gesang, mor-
gendliches Gejodel, Jucherufen und Ausprobieren des
Echos an steiler Felsenwand. Die erste Gondel des Tages
hatte ihre Last von 30 Bergwanderern ausgespien. Ein
Entkommen war nicht mehr möglich, wohin auch, wir
mußten den Inhalt der ersten 10, 15 Gondeln über uns
ergehen lassen, dann trat erfahrungsgemäß eine Pause
ein, in der wir uns zur Mistbahn flüchten konnten. Also
blieben wir am Steig hocken, nur den Bock holten wir
aus der Fichte, wo er wie eine Signalfahne gewirkt hätte.
Von unten her, im Zick-Zack der Wegserpentinen, näherte sich das fröhliche Band der Wanderer: Rufend, sin-
gend, von Kindergeschrei begleitet, unaufhörlich und
unabänderlich näher kommend, dahinströmend, anschei-

nend nie und nirgends endend: Bergherbst im deutschen Alpenland! Die nächste Stunde wurde zum Alptraum meines Lebens. Sie erinnerte mich an den Kupferstich eines Freundes, der die perverse Leidenschaft hatte, eine komplette Sammlung der Reihe „Die Schrecken des Dreißigjährigen Krieges" anzulegen. Das Blatt, von dem ich spreche, war die Darstellung des Spießrutenlaufens für fahnenflüchtige Söldner, auf dem der Delinquent schließlich mehr tot als lebendig am Boden liegt, sicherlich aber ohnmächtig war. Fürwahr, eine wahre Erholung, denn mir blieb diese alles verhüllende Ohnmacht verwehrt. Ich weiß es nicht, und es ist ja auch gleich, waren es 1000 oder 3000 Leute, die im Laufe dieser Stunde an uns vorbeiströmten, anhielten und sich mit uns und dem Gamsbocke beschäftigten.

Relativ harmlos waren ja noch diejenigen, die nur ein Photo machen wollten, in Nahaufnahme, versteht sich, schwieriger wurde es schon bei jenen, die den armen Gamsbock an der Kehle rupfen wollten, aber keinen Bart fanden. Noch schwieriger, wenn die lieben Kleinen das tote Tier streichelnd in bittere Tränen ausbrachen. Dies rief dann fast zwangsläufig den Abscheu mancher Eltern hervor, die uns „Mörder" schimpften oder höhnisch anfragten, was uns denn die arme Gemse getan hätte? Es kam dann zu stürmischen Debatten rings um uns her zwischen den Jüngern der reinen Lehre der Friedfertigkeit und jenen der Verfechtung des Baumsterbens im Berg, an dem die wilden Tiere schuld seien, was fast zu einer Prügelei geführt hätte. So etwas ist für Unbeteiligte ja sehr unterhaltsam. Es bildete sich um uns herum ein wahrer Volksauflauf oder „stand-in", wie man heute sagt. Es bildeten sich Debattiergruppen, erregte und auch sachliche, bis endlich eine größere Schar bunt gekleideter Japaner in Keilformat die Phalanx um uns durchbrachen und alles und jedes mit ihren Videokameras aufnahmen. Mich mit und ohne Brille, den Gams von oben und unten, den Hut des Jägers mit dem Adlerflaum in Nahaufnahme von vorn und hinten. Nachdem sie einige hundert Meter Filmmaterial verschossen hatten, verschwanden sie zwitschernd in den Latschen und – Gott sei Dank – mit ihnen auch die Masse der Menschheit um uns herum. Wir sahen zu, daß wir uns und den Gams so schnell wie nur möglich auf die Mistbahn kriegten und damit zu Tal. Ich war in Schweiß gebadet und einem Nervenzusammenbruch nahe, ich nehme an, Sie können mir das nachempfinden!

Zur Erholung gingen der Jäger und ich am späten Nachmittag in einen anderen, ruhigen Revierteil und setzten uns auf eine Leiter über einer Fichtendickung. Aus der kamen im Laufe des Abends drei jagdbare und sehr abgebrunftete Hirsche heraus. Einer von diesen bettete sich dicht bei uns und äste im Sitzen die dort reichlich wachsenden Blätter der Tollkirsche, um sich alsdann zur Ruhe zu legen. Die eine Stange an einen Fels gelehnt, Haupt und Träger weit vorgestreckt, die Lichter fest geschlossen. Der Hirsch schlief so fest, daß wir unbemerkt die Leiter hinabklettern und dicht unter ihm vorsichtig vom Berg absteigen konnten. Ein Erlebnis, das ich nie vorher gehabt habe und sicher auch nie mehr haben werde.

Sie dürfen dreimal raten, für welche der Freuden ich dem Jagdherrn in warmen Worten und ehrlichen Herzens gedankt habe.

Jagen ist aller Tage neu

Es gibt Jagdherren, die sind wie die Engerln. Bei irgend-
einer banalen Angelegenheit hatten wir am Stammtisch
über das Muffelwild gesprochen, der Oberförster und ich.
Ganz beiläufig und ohne böse Absicht war es mir heraus
gefahren, daß ich zwar schon eine ganze Menge Muffel
geschossen hätte, aber eigenartigerweise noch keinen
guten Widder. Es verging dann eine ganze Weile, ich
hatte längst vergessen, was wir damals besprochen hatten, als mir ein Brief des Eigentümers des Waldes, in
dem jener Oberförster tätig ist, ins Haus flatterte. Einen
Muffelwidder solle ich schießen, einen reifen und alten
Widder. Die Einladung sei allerdings, so hieß es, an die
Bedingung geknüpft, daß ich erstens die Jagd in der
Brunft, also so um die Wende zum Dezember, ausüben
sollte, und zweitens – und das sei die Hauptsache – es
dürfe nur gepirscht werden, die Benutzung von Ansitzen,
Kanzeln und Leitern ist untersagt.

Jeder, der mich nur einigermaßen kennt wird wissen, daß
ich mich gerade über diese letzte Bedingung von ganzem
Herzen freute. Hochsitze, Kanzeln und Leitern sind mir
von Jugend an ein Greuel gewesen, eingepflanzt von
meinem Vater, der in seiner drastischen Art immer wieder einmal bei passender Gelegenheit sagte, daß er nicht
daran denke, das arme Wild „von oben her zwischen die
Hörner zu schießen". Ja, ja, ich weiß schon, es gibt Reviere, in denen es ohne Hochsitze nicht geht, Hochwild-
reviere zumeist und kleine Reviere, in denen man das
Wild ohne Sitze allzu leicht heraus stänkert – aber gön-
nen Sie mir doch die Marotte, sie tut niemandem weh.

206

Mein erster Besuch in dem großen und stark von Schluchten und Felsen zerschnittenen Revier galt vor allem dem Kennenlernen des Drum und Dran. Also fuhren wir meist auf den Wegen umher, sahen auch einmal ein Widderrudel und einige Schafe mit Lämmern, aber noch war es erst Oktober, die Brunft weit. Das Revier und der Wald waren schön mit weiten Einblicken in alte Fichtenbestände mit dichtem Krautwuchs von Dorn und Farn, mit herrlichen Ausblicken von vielen Felsköpfen weit über die Hochfläche hinweg in Wildwiesen und junge Kulturen. Die Jagerei würde ein Pirschen-Stehen werden mit langen Sitzpausen, angestrengtem Spekulieren und schließlich, wenn alles gut ginge, ein rasches und gedecktes Anschleichen – und hoffentlich ein guter Abschluß.

Dann kam die Wende zum Dezember, es fiel ein wenig Schnee, gerade so um die vier Finger hoch, so daß auch unter den Altbäumen ein weißer Schleier vorhanden war. Die Brunft hatte sicherlich begonnen.

Aber manchmal geht es halt mit dem Teufel zu: Jede freie Minute war ich im Wald, hockte mir Schwielen, schlich durch alle Bestände, hing frischen Fährten nach, schwitzte mir eine Halsentzündung an, aber sah nichts, überhaupt nichts. Die Brunft fand ohne mich statt, die Muffel glänzten durch Abwesenheit oder waren weit schlauer als ich. Daß sie im Revier waren, verrieten die Fährten, mal hier, mal dort – Zigeuner halt.

Der Jagdherr, der sich gelegentlich am Telefon nach meinen Künsten erkundigte, lachte in zartem Spott: Ob ich etwa aufgeben wolle, ob mir das Revier zu mühsam sei, ob ich mich nicht in die Herren Muffelböcke hineindenken könne. Ob ich etwa vielleicht – haha – in meinen schönen Jagderzählungen ein wenig gelogen habe, wenn ich von meinen Pirschkünsten, den so erfolgreichen, berichtete?

Wenn man so von der Seite her angesprochen wird, so ein wenig hinterfotzig – wie der Bayer sagt – dann ist es das beste, man gibt sich dümmer als man ist, nimmt alle Schuld auf sich und seine Dämlichkeit, gelobt Besserung, knirscht mit den Zähnen und strengt sich an. Ohne gleich in preußische Geschäftigkeit oder Hetze zu verfallen, die beide nicht guttun und nichts als den Mißerfolg bei der Jagd provozieren und danach das Höllengelächter der scharfen Beobachter. Ich kenne meine Pappenheimer!

Dann kam der 8. Dezember – Sie merken schon am genauen Datum, daß jetzt gleich etwas passiert – und mit ihm eine Neue über Nacht und mit der Neuen neue Hoffnung und ein neuer Pirschgang. Ich pirschte also am oberen Hang eines Fichtenaltholzes entlang, das in Gruppen und Horsten mit dichtem Fichtenanflug unterstellt ist. Ich konnte ganz leidlich gut nach unten hin in ein tief eingeschnittenes Tal sehen und auch einigermaßen in den Gegenhang, ein vom Wind sehr zerzaustes Stangenholz mit vielen Lücken und Blößen. So vorsichtig ich auch pirschte und stand und äugte, ich übersah dennoch den Keiler, der sich zur Morgenruhe unter einen gebrochenen Fichtengipfel gebettet hatte und mit gewaltigem Gepruste und Krach nach unten hin verschwand. Recht dämlich schaute ich ihm nach und sah doch plötzlich, wie vor, oder besser seitlich des flüchtenden Keilers aus einem der Jungfichtenhorste ein braunes Etwas herausfloh, das sich

208

als starker Widder entpuppte. Der strebte nun ebenfalls nach unten in die Schlucht, dort aber verhoffte er und gab mir und meinem Spektiv alle Möglichkeit, ihn genauer anzuschauen. Der Widder war reif, sehr reif sogar. „Full curl", sagt der feine Mann heutzutage. Die Spitzen der Schnecken standen an und über den Lichtern. Ganz langsam zog er in den lückigen Gegenhang, immer mal wieder stehenbleibend und sichtlich verärgert über die Störung, die ihm die rasende Sau gebracht hatte.

Daß Muffel so scharf äugen wie die Birkhähne war mir aus bitterer Erfahrung bekannt, also machte ich mich klein, nahm einen der Fichtenhorste zwischen mich und das erhoffte Ziel meiner Wünsche und schlich, so schnell es nur eben gehen mochte, den Berg hinunter. Alles klappte wunderbar, ich kam auf gute 300 Gänge an den Widder heran, der auch brav am halben Gegenhang ausgehalten hatte. Ich mußte aber, weil die Deckung der jungen Fichten aufhörte, dicke Altfichten zwischen mich und den Muffel bringen. Ich schlich noch näher bis auf 150 Meter, und hatte von dort aus absolut keine Deckung mehr. Also Bergstock und Hand und Daumen in die richtige Position – ja, so ging es prima – der Stecher schnalzte, die schneenasse Hand rutschte am Zielstock herab, der Schuß war raus, der Muffel ging ab wie die Feuerwehr. Großartige Leistung!

Ich setzte mich erst einmal hin, denn dem Wilde nachzurennen, hat überhaupt keinen Sinn. Es war mir auch nicht danach. Nachdem die Welle des Selbstmitleides und der Existentialtrauer abgeebbt war, beschloß ich, zum ersten eine Brotzeit zu halten – das ist immer gut für die Seele – und zum zweiten, den Tag zu nutzen, denn die Sonne schien auf den weißen Schnee, die Luft war klar. Die Herren und Damen Muffel mochten vielleicht unter Tags ein wenig sonnenbaden wollen.

Das ist halt ein ganz eigenes Ding um die Jagd, und darin unterscheidet sie sich so wohltuend vom Alltagsleben: Hat man nämlich im Beruf mal Pech gehabt, dann weiß ein jeder so etwa, was daraus entsteht oder was ihm blüht, fast immer sind die Dinge übersichtlich und klar, Ursache und Wirkung sind bekannt, die Überraschung liegt höchstens im Grade der Auswirkung des Fehltritts. Mal wird er verziehen, mal wird man geköpft.

Bei der Jagd ist das anders, da weiß man nie, was alles noch möglich ist und was auf einen zukommt. Jede Minute bringt eine neue Situation, die so neu ist und so vielgestaltig wie die Möglichkeiten einer Schachpartie. Das ist schließlich einer der Hauptgründe, weshalb der Mensch jagen geht, das Niegeschaute zu sehen, das Nieerlebte zu erleben. Pfeif' auf die Trophäe, sie ist Erinnerung, nicht Siegeszeichen.

Also gut, meinen Fehltritt hatte ich mit der Wurst und dem Tee heruntergeschluckt. Ich nahm mein Zauberzeug wieder zusammen, pirschte über den nächsten Hang, mit der langsam untergehenden Sonne und gegen den Wind, kam auf die Höhe zu einem der Felsen, gegen den ich mich lehnte, ja lehnen wollte, aber schon sah ich drüben am Rande der großen Dickung in der vollen Sonne den Widder stehen. Nicht den beschossenen natürlich, einen anderen, mindestens gleich guten. Auch er stand allein.

Hat man einen Fehler gemacht und ist bemüht, ihn wieder gut zu machen, dann wird man besonders eifrig, leider auch nervös, ich jedenfalls. Also schlich ich mich vorsichtig wie der Luchs in den dicken Fichten den Berg hinunter. Langsam, viel zu langsam für solch alten Widder, der ja nicht endlos lange auf einem Fleck stehen bleibt, zumal im Ausklange der Brunft nicht. Ich sah also zu meinem Schrecken, daß meine Beute langsam, aber zielsicher, am Rande der Dickung von mir wegstrebte und bald in einem hageldichten Horst von Rotem Holunder verschwunden sein mußte.

Da tat ich etwas völlig verrücktes: Ich rannte offen und frei dem Muffel entgegen und schrie, als er mich natürlich ziemlich bald spitzbekam, aus vollem Halse ein „Halt!" Und siehe da, das hatte der Widder in seinem langen Leben noch nie erlebt! Er stellte sich breit, im höchsten verwundert, blieb auch stehen, bis ich eine schöne Auflage auf einer gestürzten Fichte gefunden hatte. Blieb stehen, bis sich meine flatternden Nerven ausreichend beruhigt hatten! Blieb stehen, bis das Absehen endlich nicht mehr vor dem weißen Sattel herum tanzte – und fiel um wie vom Schlage getroffen, nachdem ich den Schuß herausgebracht hatte.

Das Jagen ist alle Tage neu und alle Tage kann auf der Jagd etwas geschehen, was dir noch nie begegnet ist. Dann fasse das große Glück an einem Zipfel und halte es in deinen Träumen ein Leben lang.

Ungelöste Rätsel

Zwei Jahre schon war ich hinter dem Schaufler her gewesen, der immer nur in der Brunft erschien und dann nach Nirgendwo entschwand. Daß er auch trotz größter Mühe nicht zu bekommen war lag daran, daß er sich für einen Damhirsch völlig untypisch benahm. Anstatt, wie es sich gehört, in einem durchsichtigen und mit allerlei Gräsern und geringem Unterwuchs versehenen Altholz zu brunften, verbrachte er die ganzen Wochen in einer lückigen und aus Anflug entstandenen Kieferndickung mit einzelnen Überhältern. Die Dickung war völlig unübersichtlich und vom letzten Einschlage des Baumholzes derart mit Ästen und Kronen übersät, daß ein auch nur annähernd lautloses Pirschen völlig ausgeschlossen war. Irgend ein Stück Kahlwild bekam einen garantiert spitz, schreckte dann fürchterlich, womit dann der Tag gelaufen war. Das Aufstellen von Leitern oder Kanzeln hätte auch nicht viel Sinn gehabt, denn wo soll man damit auf einer fast gleichförmigen Fläche von mehr als 40 Hektar anfangen und wo aufhören? Nirgends hat man mehr als 20 oder 30 Meter Ausblick, die Brunft zog sich über die ganze Fläche hin – und außerdem, ich mag nun mal die Leitern nicht. Was ich nicht auf anständige Weise ersitzen oder erpirschen kann, das soll halt seine Freude am Leben behalten.

Im vergangenen Jahr war es nicht anders als die Jahre vorher: Gegen Mitte Oktober hörte ich den Hirsch zum ersten Male schreien, einen oder zwei Tage darauf sah ich ihn sogar für einen Augenblick, als er einen geringen Beihirsch über einen Rückeweg sprengte und war beruhigt festzustellen, daß es der gleiche alte Kämpe war, der mich so lange genarrt hatte. Alte Schaufler ohne jede Veranlagung zu Augsprossen sind nicht eben häufig, und der Hirsch, den ich für den Bruchteil einer Sekunde gesehen hatte, trug keine Augsprossen, das war eindeutig. Er mußte mein Freund aus den Vorjahren sein. Nun ist das ja so, daß im Laufe der Zeit, in der man einem bestimmten Stück Wild nachstellt, langsam aber ganz sicher zwischen dem Tier und dem Jäger eine Art besonderer Verbundenheit entsteht. Ortega beschreibt das sehr schön in seinen „Meditationen über die Jagd" als mystisch und unterirdisch: Der Jäger nähert sich in seinem Empfinden dem Empfinden des gejagten Tieres und gleicht seine Verhaltensweisen denen der erhofften Beute an.

Ich wage es, noch einen Schritt weiter zu gehen. In gleicher Weise, in der sich der Jäger in die Empfindungen des Wildes hineinversetzt und seine Reaktionen bedenkt und vorausahnt, genauso weiß auch das Wild um die Gedanken und die Möglichkeiten des Jägers und sucht sie zu ermessen und ihn zu überlisten. Verfolger und Verfolgte spielen ein tödliches Spiel in Ritualen, die so alt sind, wie es Räuber und Beute gibt. Was aber, wenn das Wild sich der Norm entzieht und sich so verhält, wie es nicht sein sollte?

Mein Schaufler gehörte zu dieser Kategorie, und die Folge war, daß er mehr von mir wußte als ich von ihm. Er hatte mich und möglicherweise alle meinesgleichen lange durchschaut. Mit den mir vertrauten Mitteln war ihm nicht beizukommen. Nur der Zufall konnte helfen — aber der Zufall ist ein schlechter Jagdkamerad. Bringt er Erfolg, so bleibt dennoch ein etwas schaler Nachgeschmack des Versagthabens – aber das merkt man halt erst nachher!

In der Nacht vom 11. zum 12. November – die Brunft war eigentlich schon vorüber – fiel nasser Schnee, der mit der Sonne am Tage bald wieder schmolz, in dicken Placken von den Bäumen fiel und als eisiges Wasser an den Nadeln haftete. In der Kieferndickung mußte es scheußlich ungemütlich sein. War das der Zufall, der den Erfolg bringen konnte? Ja, wenn ich nur wüßte, ob der Hirsch überhaupt noch in seinem Einstand war und nicht schon längst wieder seine eigentliche Heimat aufgesucht hatte. Aber versuchen wollte ich es.

Am späten Vormittage war ich vor der Dickung, umschlug sie mit gutem Wind von der Ostseite her, fand keine Fährte und hörte nichts, pirschte noch langsamer und unendlich vorsichtig mit halbem Winde die Südseite entlang: Ganz frisch und scharfkantig stand die Fährte im tauenden Schnee, lief auf dem Abfuhrweg vor mir her, ging auf einer Fehlstelle wieder in die Dickung hinein. Wenn ich richtig beurteilt hatte, so war die Fährte noch keine Stunde alt, vielleicht sogar nur Minuten, aber Minuten können bei Wild in Bewegung schon hunderte von Metern Entfernung bedeuten. Ein Nachhängen ist sinnlos, die Chance zu sehen, ohne vorher gesehen zu werden, ist wie 1 zu 100. Die Wahrscheinlichkeit, auf einen im Schnee verborgenen Ast zu treten, ist allzu hoch. Gehört und nicht vernommen zu werden also wie 1000 zu 1. Was bleibt ist das Warten, das Warten und Hoffen, das mit jeder Minute des Wartens mehr und mehr zum Bangen wird.

Ich setzte mich hinter eine Kiefer, den Rücken an eine andere Kiefer gelehnt, die Knie hochgezogen. Die Büchse mit beiden Händen umfaßt, Kolben rechts neben mir auf dem Boden, Mündung halb nach vorn, hin zum ersehnten Ziel. Was denkt der Luchs, wenn er über dem Wechsel des Wildes in der Astgabel lauert? Was denkt der Wolf, wenn er unter Wind darauf wartet, daß die Beute so nahe kommt, daß er sie mit einigen Sprüngen erreichen und reißen kann? Und was der Mensch, der an einer Kiefer lehnt und die Zeit vergeht so unendlich langsam und er sieht nichts als fallenden Schnee und hört nichts als das Platschen von Tropfen auf Holz und das Zirpen einer einsamen Kohlmeise. Der Mensch – also ich, andere mögen anders sein – ich kann meine Gedanken nicht über Stunden auf ein einziges Ziel richten. Nach einer Weile schwimmen sie davon, gehen hierhin und dorthin, verwischen sich zu halbem Träumen und halbem Wachen.

Mitten in meinem Träumen knackte drinnen in der Dikkung ein Ast. Es konnte gewesen sein, daß er nur unter der Last des Schnees gebrochen war, es konnte aber auch der Hirsch sein. Sofort war ich hellwach und die Augen wanderten am Dickungsrand hin und her. So sah ich auch, daß dort ein Ast ganz unnatürlich wackelte, nicht von oben nach unten, wenn der Schnee abfällt, sondern von Seite zu Seite, wie es ist, wenn man ihn verschiebt, um besser an ihm vorbei zu kommen. Die Büchse wanderte vom Boden herauf an die Schulter, die Mündung auf jene kleine Fehlstelle in der Dickung gerichtet, in der der Ast gewackelt hatte. Lange Zeit geschah nichts, doch in diesen Sekunden oder Minuten bist du nur noch Jäger und nichts, nichts lenkt deine Gedanken vom Ziel. Gehen

216

dann magnetische Ströme von dir aus, werden empfangen und reflektiert, treffen sie sich mit denen des gejagten Wildes und dienen dessen Wissen um die Tatsache gejagt zu werden?

Der Hirsch trat einen Schritt vorwärts, er war es tatsächlich. Über dem noch schwankenden Ast erschien sein Geweih, die Brettschaufeln fast ohne Enden, der tiefe Schlitz in der linken Schaufel, die Ahnung vom Fehlen der Augsprossen. Noch einen Schritt tat er voran, das Haupt wurde frei, der Vorschlag, die dunklen Lichter auf mich gerichtet. Hatte er gewußt, geahnt, daß ich hier auf ihn wartete? Warum war er dennoch gekommen? Im Schuß auf die handtellergroße Stelle unter dem Trägeransatz hob er sich wie ein Pferd in der Levade und brach auf der Stelle zusammen. Der heimliche Hirsch war tot.

Ich halte nicht viel von dem Ausdruck Totenwache, sie hat mir allzuviel mit dem Begriff der Trauer gemein, und Trauer ist es nur am Rande, die der Jäger empfindet. Und diese Trauer ist allzuoft nur selbstbemitleidende Sentimentalität, ein Wegstück seines jägerischen Lebens endgültig gegangen zu sein und ein Erleben abgeschlossen zu sehen, daß nie mehr wiederkehren wird. Dennoch saß ich diesmal lange bei meinem Schaufler, mit dem mich Unnennbares verbunden hatte. Als es begann dunkel zu werden und ich die rote Arbeit beendet hatte, fing es an zu regnen, einen feinen, alles durchdringenden Sprühregen. Und mit dem Regen kam der Nebel, der dichte, fast greifbare Nebel der Lüneburger Heide. Und in diesem Nebel steckte die Nordlandkälte einer frostigen Nacht.

Bis ich den Hirsch über die Rutsche in meinem Wagen verstaut hatte, war es Nacht geworden und der Nebel so zäh wie ein riesiges Spinngewebe. Er kroch in die Bäume und in die Zweige, er gefror mit dem Tauwasser und dem restlichen Schnee. Er legte sich wie ein Panzer auf das

Blech meines Fahrzeuges, auf die Fenster und die Scheinwerfer. Mühsam kam ich aus dem Walde heraus auf den Feldweg, auf die Landstraße. Und dort war Schluß, absolut Schluß mit aller Fahrerei. Ich rutschte von einer Seite der Straße auf die andere, versuchte eine Weile, auf dem Bankett zu fahren, glitt fast in den Graben dabei. Ich suchte mir schließlich die Einfahrt in einen Waldweg, hielt an, stellte den Motor ab. Es würde eine lange Nacht werden, bis am Morgen die Streufahrzeuge kämen, eine lange und einsame Nacht mit meinem Hirsch. Die Stunden tropfen dahin, unendlich langsam. Mal schläfst du, mal wachst du, läßt den Motor gehen und die Heizung, trampelst um das Fahrzeug herum, dich wieder aufzuwärmen. Denkst an dies und das — krauses Zeug meistens — und die neblige Stille um dich herum rauscht in deinen Ohren.

Was hatte den Schaufler bewogen, ausgerechnet gerade dort aus der riesigen Dickung zu treten, an der ich saß, wieso hatte er gewußt, daß ich dort war. Er hätte doch tausend Möglichkeiten gehabt, an anderer Stelle und unbemerkt seiner Wege zu gehen. Hatte mich der Wind im letzten Moment verraten, zu spät für eine Reaktion des Wildes, oder war alles vorherbestimmt durch einen mächtigen Zauber? Einen Jagdzauber aus vielen nächtlichen Träumen der letzten Jahre, so wirksam wie die Felszeichnungen der Ahnen. Oder war alles nur Zufall, Glück des Augenblickes, der Stunde, der besonderen Umstände des Tages gewesen?

Nie werde ich eine Antwort erhalten und das ist gut so, denn hätten wir Antwort auf alle Fragen, dies Leben wäre es nicht mehr wert gelebt zu werde. Und unser Jagen verkümmerte zu unbeseeltem Tun, ohne seine Rätsel, sein Hoffen und Bangen, zum Handwerk des Tötens und zum Spiel mit dem Tod.

Vom Segen der Kaninchen

Fragt mich jemand, welche Wildart mir die liebste ist, so antworte ich ihm mit folgender Geschichte:

Ich bin mit Hunden und Karnickeln aufgewachsen. Der erste Hund meines Lebens war Don, meines Vaters Hühnerhund, der wochenlang unter meiner Wiege lag und mich erbittert gegen alle Tanten verteidigte, was ich ihm in tiefer Dankbarkeit nie vergessen habe.

Mein erstes Kaninchen schoß ich mit Vaters Flinte Kal. 20 in meinem sechsten Lebensjahr. Es war das erste Stück Wild überhaupt, auf das ich jagte, die unzähligen Spatzen kamen erst zwei Jahre später dran. Es war nämlich so, daß in den Jahren meiner frühen Jugend die Karnickel fürchterlich überhand nahmen, im Park die Rosenbeete meiner Mutter zerwühlten und kahl fraßen und — schlimmer noch — im Erbbegräbnis jede Art von frommer Scheu missen ließen und die Gräber nach ihrer Weise als Baue benutzten. Dem inständigen Flehen meiner Mutter nachgebend, entschloß sich Vater eines Sommertages widerwillig, auf dem Begräbnisplatz nach dem Rechten zu sehen. Er nahm seine Flinte über die Schulter und mich an die Hand und pilgerte mit mir die kleine Viertelstunde auf den Zigansberg, wo wir uns auf eine der vielen Bänke setzten. Das heißt, Vater setzte sich breitbeinig hin und nahm mich zwischen die Beine, halb auf seinen Schoß, lud die Flinte und bedeutete mir, absolut stille zu sein.

Es dauerte dann gar nicht lange, bis das erste Kaninchen aus dem Grabe des Großvaters heraus gekrochen kam. Als es dann mit dem Rücken zu uns saß, schob mir Vater die Flinte in die Arme, sagte: „Schieß!" Und ich hob — mühsam aber genau — die Waffe in die richtige Richtung, wackelte ein bißchen auf dem Kaninchen herum, zog den Abzug und flog mit aller Macht meinem Vater an die Brust. Das Karnickel lag, mir tat die Schulter höllisch weh, aber gesagt habe ich keinen Ton, dazu war ich viel zu stolz.

Am Abend bei der rituellen Waschung tat meine Mutter einen großen Schrei, als sie die grün-braunen Flecken auf der Schulter sah, rief nach Vater und machte ihm ob seiner Brutalität gegen ein zartes Kind die schönste Szene. Der Erfolg war, daß Vater mir einen Tesching kaufte, rückstoßfrei sozusagen, aber sehr effektiv.

Nach langem Üben — immer nur stehend freihändig — auf Scheibe und Blechdosen wurde ich dann auf die Kaninchen losgelassen, Park und Erbbegräbnis waren mein Revier. Die allererste Eintragung in meinem Schußbuch, das ich zum sechsten Geburtstag geschenkt bekam, lautete: „1 kanickel mitte kugel durchn Kopp."

Viele, viele hunderte sind ihm gefolgt.

Es war dann einige Jahre später, im ersten oder zweiten Jahre nach der sogenannten Machtergreifung der Nazis, daß ich mit Vater zu meinem Patenonkel in die Mark eingeladen wurde. Der litt unter einer derartigen Kaninchenplage, daß er mit den Pferden kaum mehr auf den Acker konnte. Die armen Tiere brachen sich die Beine, weil sie dauernd in die Feldbaue einbrachen. So wurde eine Jagd gewaltigen Ausmaßes angesetzt, die ungeahnte Folgen haben sollte.

Vorbereitungen und Durchführung dieser Jagd hatten mittelalterliche Züge. Zunächst einmal wurden in die Klee- und Luzerneschläge Jagdschneisen geschnitten, dann wurden alle Feldbaue verstopft, wobei — meiner Erinnerung nach — in Petroleum getauchte Zeitungen die wesentlichsten Dienste leisteten. Am Jagdtage selbst wurden mehrere hundert Treiber aus den umliegenden

Dörfern aufgeboten, die buchstäblich Mann neben Mann die Felder durchkämmten. Die Strecke war einmalig und ist nirgendwo später je überboten worden: Am Abend lagen mehr als 6000 (Sechstausend!) Kaninchen auf dem Rasen vor dem Schlosse. Mein Vater hatte mit zwei Flinten und mir als Flintenspanner davon etwas über 1000 Stück erlegt. Das Jagdessen am Abend fiel aus, da alle Schützen wegen Kopfschmerzen und aufgeschossener Wangen und Finger zu Bett gegangen waren.

Bei dieser Jagd, die aus irgendeinem Grunde vorher in allen märkischen Zeitungen angekündigt worden war, nahm auch der damalige Oberstjägermeister Scherping teil, und seltsamerweise auch der von den Nazis wegen „jüdischer Versippung" unerwünschte Karikaturist E.O. Plauen, der Schöpfer der „Vater und Sohn" – Serie. Mit ihm, oder auch unabhängig davon, war Leni Riefenstahl, die Filmerin, mit voller Ausrüstung und Stab anwesend. Die denkwürdige Jagd wurde also gefilmt und gezeichnet. Eine Zeichnung E.O. Plauens hing bis Kriegsende im Arbeitszimmer meines Vaters und zeigte ihn in rotierender Bewegung, Flinte im Anschlag, und rings um ihn her purzelten Dutzende von Kaninchen. Unterschrieben war das Bild mit dem Worte: Der Kaninchenschreck! Vater hatte für alle Zeiten seinen Spitznamen weg.

Sehr törichterweise hatte er zwischen zwei Treiben dem Oberstjägermeister davon erzählt, daß bei uns zu Hause die Jagd eigentlich viel lustiger sei, denn neben vielen Kaninchen kämen auch gleichviel Fasanen vor, so daß die Schützen in ständigem Wechsel mal nach oben und mal nach unten zu schießen hätten. Das nun wieder erzählte Scherping in geistiger Umnachtung seinem Brotherren Hermann Göring. Der hatte nichts Eiligeres zu tun, als sich bei uns zur Jagd einzuladen, was man, den damaligen Umständen entsprechend, nicht abschlagen konnte und durfte.

Ganz abgesehen davon, daß wochenlang vor der Jagd schon Kripo und Gestapo bei uns in allen Ecken herumwuselten, was ärgerlich genug war. Es wurde auch noch mit zartem Zaunwink darauf hingewiesen, daß der Herr Reichsjägermeister erstens mit der Flinte sehr schlecht schösse und zweitens, wenn er deshalb nicht Jagdkönig würde, in sehr schlechte Laune geriete, was besonders in unserem Falle schlechte Folgen haben könne.

Es wurden deshalb mit Tannengrün verkleidete Maschendrähte auf den jeweiligen Stand des hohen Herrn gespannt. Alle anderen Teilnehmer wurden darauf hingewiesen, daß sie sich doch bitte, bitte, zurückhalten sollten, wenn es darauf hinaus käme, daß der Herr Reichsjägermeister in seinen Leistungen zurückbliebe.

Wie erwünscht, wurde Göring zwar Jagdkönig, der Erfolg des Tages aber war ein Fiasko, die Jagd mußte insgeheim wiederholt werden.

Dennoch geriet der Tag schlußendlich zum guten, denn wenige Wochen später wurde Vater in ein Konzentrationslager gesteckt, und kam nur auf Vermittlung von Göring wieder frei, der sich des schönen Jagdtages bei uns erinnerte. So haben die Kaninchen ganz zweifellos meine Familie vor großem Schaden bewahrt.

Es war dann wieder einige Jahre später, daß der damalige französische Botschafter Francois Poncet bei uns zur Jagd war, begleitet von seinem mit mir etwa gleichaltem Sohn, der seinem Vater als Flintenspanner gute Dienste leistete. Wir beide mochten uns von der ersten Minute an gut leiden und haben uns noch oft bis zum baldigen Kriegsausbruch gegenseitig besucht. Wir verloren uns naturgemäß dann aber aus den Augen.

Bald nach dem Krieg – ich studierte damals in Freiburg und hungerte fürchterlich – rannte ich in der Stadt in einen französischen Offizier. Der schrie laut auf, als er mich erkannte, zog mich in eine Hausecke– Gespräche zwischen Deutschen und Franzosen waren in der Öffentlichkeit verboten. Dort umarmte er mich und fragte nach Woher und Wohin, und was er für mich tun könne. Nach kurzem Überlegen kam er auf eine sehr vernünftige Idee, nämlich daß ich im Tattersall seiner Schwadron die verrittenen Pferde wieder durchlässig machen und an den Zügel bringen könne, wofür ich wöchentlich einen Zentner Hafer als Salär erhalten würde. Dieser Hafer als Tauschobjekt für Brot und Butter hat mir das Leben gerettet und das Studieren ermöglicht. Wieder einmal hatten im weitesten Sinne mich die Kaninchen vor großem Schaden bewahrt.

Lange Jahre später, nachdem ich in der Lüneburger Heide zum Forstmeister avanciert war, wurde ich gebeten, mich in einem Waldgut der Kaninchenplage anzunehmen. Die hatten alle Forstkulturen, kaum daß sie gepflanzt waren, auch schon wieder bis zur Wurzel verbissen. Damals führte ich meine drei Kleinen Münsterländer, Lady, Bianca und Casanova vom Entenfang, die ich in der

Meute als Treiber abgeführt hatte und die gerade bei der Stöberei auf Kaninchen unübertroffen waren. Mein Schußbuch sagte mir, daß wir, meine Hunde und ich, am ersten Tage 54 Kaninchen zur Strecke brachten und am nächsten Tag noch einmal 32.

Von da an hatten wir die Lapuze im Griff, die Folgestrecken beliefen sich immer so zwischen 15 und 25 Stück. Dazu wurde frettiert, was das Zeug hielt. Im übernächsten Jahre konnten wir beruhigt durch die Pflanzungen gehen, die Schäden hielten sich in erträglichen Grenzen.

Diese Jagdtage aber haben mir eine Freundschaft mit dem Besitzer des Gutes eingebracht, die über alle die langen Jahre nicht nur gehalten, sondern sich immer mehr vertieft hat und hoffentlich noch so manches Jahr anhalten wird. Auch hier wieder haben die Kaninchen ein gutes, wenn nicht gar ihr bestes Werk getan!

So, nun wissen Sie, warum ausgerechnet die Kaninchen die mir am meisten ans Herz gewachsene Wildart sind.

Lapphasen und andere Jagdsünden

Zwischen Getreideernte und Hirschbrunft hat der Jäger für einige Wochen eine faule Zeit: Die Böcke sind heimlich, die Feisthirsche sollte man in Ruhe lassen, und die Enten nehmen nicht viel Zeit in Anspruch.

Für mich sind diese Wochen Besuchszeit. Ich reise dann an meine alten Wirkungsstätten zu Menschen, mit denen mich, oft über viele Jahre hin, mehr verbunden hat als bloße Nachbarschaft oder forstliche Beratung. So war ich neulich auch bei Onkel Hermann zu Besuch, dem Altbauern auf dem großen Heidehof mit seiner Schnuckenherde, den vielen Bienen und einer Kartoffelhochzucht, die sich im ganzen Lande Hannover sehen lassen kann. Mit Onkel Hermann verbinden sich mir eine Fülle von Jagderlebnissen, die so einzigartig waren und dazu fast immer ein wenig jenseits der Legalität, daß wir uns stundenlang darüber unterhalten können, ohne jemals darüber müde zu werden oder gar etwa zu Lügen greifen müssen. Da alle diese Taten und Untaten längst verjährt sind, kann ich beruhigt davon erzählen.

Mit dem Heidehof verband das Forstamt eine lange Grenze, es war also ganz selbstverständlich, daß ich den Besitzer zu meinen eher sehr bescheidenen Hasenjagden einlud. Solche Einladungen wurden nicht mit dem Telefon oder der Post erledigt, man überbrachte sie persönlich. So wollte es Sitte und Anstand. Bei Onkel Hermann fand ich wenig Gegenliebe für meine Bitte, sich am kommenden Sonnabend am Forstamt zur Jagd einzufinden. „Nee, nee, Herr Forstmeister", sagte er, „damit hab ich nichts im Sinn. Da stehst du stundenlang mit den kalten Füßen im dichten Walde und siehst, wenn du Glück hast, man nur einen Hasen. Ich habe eine bessere Methode!" Dabei grieflachte er so vor sich hin, wandte sich ab und wollte seiner Tagesarbeit nachgehen.

Nun waren wir schon ganz gute Freunde geworden in diesem Jahr, also wagte ich, ihn am Rock festzuhalten und eindringlich nach seiner „besseren Methode" zu befragen. Schließlich hat auch ein Forstmensch manchmal Hunger auf einen Hasenbraten, der von den wenigen zehnpfündigen und uralten Waldhasen kaum befriedigend gestillt werden konnte. Nach langem Hin und Her ließ sich Onkel Hermann erweichen, nickte und sagte: „Komm mit, ick will di dat wiesen." Wir marschierten also vom Hof in das Feld hinaus in Richtung Staatsforst, vor dem ein großer Winterroggenschlag lag, der sich vom Walde her, dem Süll, erst allmählich, dann in fast steilem Hang zu einem Heidebächlein hin senkte. Auf dem Felde waren an langen Schnüren Lappen gespannt, die keilförmig vom Wald her in Richtung zum tiefsten Punkt der Senke verliefen. Dort war eine kleine Grube ausgehoben, in der ein Sitzbrett angebracht war.

„Süh", sagte Onkel Hermann, „dat's min Methode. Ick setz mick dooar op dat Brett und teuw, dat de Hasen im Mondschien vom Forst her kommen, sich an de Lappen stoßen, und to meck dal loopen. Dann so will ick se woll kregen!"

Onkel Hermanns Methode war zwar keineswegs astrein, vielmehr gleich mehrfach verboten – Lappjagd an der Grenze und Mondscheinjagd auf Hasen – aber sehr effektiv. Sie hatte in den letzten Nächten, wie ich mich im Hauskeller überzeugen konnte, acht veritable Mümmelmänner erbracht. Meinen pflichtgemäßen Tadel wischte der Bauer leicht hinweg mit dem Bemerken, daß „solch preußischer Kram" ihn nicht berühre. Darauf tranken wir einen Schnaps zur Unterstützung meines Vergessens.

Einige Zeit später, es mag auch im nächsten Jahr gewesen sein, jedenfalls war es Winter und hatte geschneit, war ich gegen Mittag an der Grenze beschäftigt und hörte von dort aus einen Doppelschuß auf dem einsamen Hof fallen. Da man ja nie wissen kann, was so alles passiert sein kann, setzte ich mich in mein Auto und fuhr hin. Als ich mit Schwung zwischen Wohnhaus und Scheune hindurchfuhr, kam Onkel Hermann gerade aus dem Scheunentor heraus, Flinte in der einen und einen großen Bund Wildtauben in der anderen Hand. „Weidmannsheil, Onkel Hermann", rief ich, „wie geht denn das zu?" Denn in der Heide schießt man zehnmal mit der Büchse und nur einmal mit der Flinte und entsprechend sind auch die Ergebnisse. „Tjä", sagte der Bauer und wedelte mit den Tauben, „tjä, dat's ook wedder en nie'e Methode!"

Die Sache war die: Es war dem Onkel schon lange ein Dorn im Auge, daß in der Winterzeit die Ringeltauben oft in großen Schwärmen in seinen Hofeichen saßen, aber viel zu schlau waren, ihn auf vernünftige Schußentfernung heranzulassen. Also dachte er sich eine List aus. Er fütterte die Tauben vom hinteren Scheunentor in einem langen Streifen geradezu von der Scheune weg, ließ das Tor gerade so weit offen, daß der Doppellauf der Flinte durch paßte, tarnte die Öffnung bis Brusthöhe mit ein paar Preßballen und stellte sich dahinter. Als dann ausreichend viel Tauben auf der Futterbahn saßen, hat er, also: „Dor heff ick Funken räten, ierst eenmol mittenrin, un dennso mit dem tweiten Schuß een beten över de Duwen – und wat schall ick di seggen, Minsche, Minsche, Herr Forstmeister, mit twei Schuß heff ick sößtein Duwen geschoten, sößtein Duwen mit twei Patronen, dat mook mi mal nach!"

Dagegen war ja nun vom rein Rechtlichen nur wenig einzuwenden – über die Weidgerechtigkeit aber soll man nicht immer und überall und schon gar nicht auf einem einsamen Heidehof streiten. Also haben wir auf die Tauben einen oder auch zwei Schnäpse getrunken und kein großes Theater darum gemacht.

Später allerdings haben wir uns mal für kurze Zeit etwas verfeindet.

Das war an einem Septembertage, da kam ich auf den Hof und sah Onkel Hermann mit einem Beil, Hammer und Nägeln mit zwei Brettern hantieren. Auf meine Frage, was er da vorhabe, antwortete er mit dem nun schon bekannten Spruche, daß er „mol wedder een nie'e Methode" ausprobiere. Lang und breit erklärte er mir, daß doch die Wildenten so schöne und schmackhafte Vögel seien, aber eben doch sehr, sehr schnell, und die Sache mit den Tauben hätte ihn eben auf die Idee gebracht, das gleiche mit den Enten zu probieren, nämlich eine Futterbahn im Wasser zu verankern und sich dann mit der Flinte in ein Loch vor dem Trog zu setzen.

Hier streikte aber mein sonst so weites Gewissen, ich redete dem Onkel die Sache aus, bis er das Beil wegschmiß und sich mürrisch abwandte mit dem Bemerken, daß ich eben leider nie „so'n richtigen oolen Hannoveraner" würde. Sagte es, bot mir nicht die Tageszeit und verschwand beleidigt im Haus.

Als ich ihm später einen Überläufer mit Erfolg nachgesucht habe, vertrugen wir uns wieder. Von da an für immer bis zum heutigen Tag.

Nun soll doch bitte niemand auf den Gedanken verfallen, daß ich die Weidgerechtigkeit mit Löffeln gegessen hätte, jeder macht doch seine Fehler. Damit meine ich nicht die unabsichtlichen Fehler, sondern die mit richtig böser Absicht begangenen, die echten Verstöße gegen Sitte und Recht. Auch solche habe ich hinter mir.

Da habe ich einen alten Onkel in der Nähe von Kassel, der hat ein wunderschönes Revier im Kaufunger Wald. Buchen stehen dort wie die Säulen in einem Dom, Rotwild gibt es und Muffelwild und Sauen, aber ziemlich wenig Rehe, wohl der Konkurrenz wegen und wegen der Sauen. Seit ungezählten Jahren habe ich dort freie Büchse und kann kommen, wann immer ich will und Zeit habe. Da saß ich an einem schönen Abend auf meinem Sitzstock an eine Buche gelehnt an Hosenkurts Wiese – sie heißt wirklich so – und wartete auf Sauen. Die aber kamen nicht, dafür ein Böcklein, das mit seinem Korkenziehergehörn zur absoluten Abschußklasse gehörte. Nun war es zwar erst – und das ist ganz wichtig – der 15. Mai, und die Böcke durchaus noch nicht offen, aber was tut man schon in einem Revier, in dem man einen fertig gefegten und schon fast rot verfärbten Bock meist nur einmal und dann nie wieder sieht?! Schonzeit hin, Schonzeit her. Morgenrot, Morgenrot, morgen bis du auch noch tot – lauter solche dummen Sprüche gingen mir durch den Kopf. Auch stand der Bock breit wie ein Brett auf beste Schußentfernung und äste sich gierig am jungen Klee. Das Absehen stand so herrlich ruhig auf seinem Blatt und der Finger brauchte nur diese klitzekleine Bewegung zu machen, und schon wäre der Bock im Knall…

Was nun? Der Onkel war zwar sehr lieb, aber irgendwo hört auch Liebe auf, bei der Jagd meist schon sehr bald. Den Schuß hatte in diesen klüftigen Bergen gewiß niemand gehört und wenn, dann hatte ich eben eine Sau vorbei geschossen. Gute Ausreden und schlechtes Gewissen passen gut zusammen.

Weit und breit gab es an der Wiese keinen vernünftigen Baum, in den ich den Bock hängen konnte, nur alte Buchen und etwas verbissenen Jungwuchs. Es blieb mir nichts anderes übrig, als ein paar hundert Meter hangabwärts zu gehen, wo an einer Stelle der Fels zutage tritt und dort den Bock in einer Kluft zu verstecken. Ich hielt das bei der Wärme auch für einen ganz geeigneten Ort, denn im Fels mochte es kühl genug sein. Weit gefehlt! Als ich am nächsten Morgen zum Ort der Tat zurückkehrte und den Bock aus seinem Versteck herauszog, kam mir ein ziemlich ungutes Lüftlein entgegen und die Innenseiten der Wände begannen grün auszusehen. Erfahrung macht klug, jetzt weiß ich es: Im Fels war die volle Luftfeuchtigkeit des Winters noch gespeichert, die zusammen mit der Wärme von außen die Keime zum Jubilieren gebracht haben müssen.

Ich wusch den Bock aus, so gut es ging, und brachte ihn nach Hause, brettsteif natürlich nach 15 Stunden. Dort streckte ich ihn, reichlich mit Tannengrün versehen auf dem Rasen, holte den Onkel mit sehr schlechtem Gewissen und redete und redete und versuchte, ihn vom Bocke so weit wie nur möglich entfernt zu halten. Dies mißlang aber völlig, der Onkel war viel zu sehr Jäger, als sich nicht ein erlegtes Stück ganz genau zu betrachten. Also bückte er sich über den Bock, schaute ihm ins Gehörn, schlug die Hinterläufe auseinander – und mußte die ganze Bescherung gesehen haben.

„Na ja", sagte er schließlich nach einigem Nachdenken, „Weidmannsheil dann also zum Bocke. Es war ja höchste Zeit, daß er geschossen wurde, er riecht ja schon!" Und damit war für ihn die Sache erledigt. Solch guter Onkel war er.

Und nun kommt her ihr alle, die ihr ohne Fehl seid und werft den ersten Stein auf mich.

Mein Urhahn aus der Lausitz

Die Hähne balzten seit alters her in der Planitza. In einem Jahr waren es sechs, im anderen acht, nie mehr, aber auch nie weniger. Einen Hahn gönnte sich mein Vater in jedem April.

Wenn auch die Oberlausitz flach ist wie ein Brett – die höchste Erhebung im Revier sind die „Görlitzer Berge" mit zehn Meter über Niveau – so bietet aber die Planitza für den Pirschgänger und mehr noch für den Menschen, der einen Auerhahn anspringen möchte, so ungeahnte Schwierigkeiten, wie man sie selbst im schroffen Hochgebirge kaum finden kann. Die Planitza ist ein Moor im Übergange vom Niederungsmoor zum Hochmoor und ist bestanden von uralten krummen und sturmgebeugten Kiefern, zwischen denen weit übermannshoch der Adlerfarn wuchert. Vor Jahrhunderten wurde versucht, sie trockenzulegen, zu welchem Zweck man bis zu zwei Meter tiefe Gräben aushub. Diese waren indessen völlig nutzlos, da auch diese Tiefe nicht genügte, das überschüssige Wasser aus dem Becken des Moores herauszubringen. So stehen die Gräben bis weit in den Hochsommer hinein voller Wasser, das nicht abfließen kann. An ihren Rändern wächst der Sonnentau, ihre Endpunkte sind weithin beliebte Suhlen für Rot- und Schwarzwild. Vor allem aber dienen die Gräben im Herbst und Winter als Wechsel für alles Wild, das die Planitza überquert. So kann es dir passieren, daß du auf einer Leiter sitzt, vor dir die weite Fläche aus Bentgras, Anflugkiefern und von den Hirschen zerschlagenen Erlen – und du siehst gar nichts, bis plötzlich mitten in dieser

Fläche ein Paar Lauscher erscheinen oder die Krone eines Geweihes. Und diese Lauscher und diese Krone wandern ganz gemächlich von links nach rechts oder von rechts nach links, von Deckung zu Deckung. Und du sitzt mit dem Fernglas an den Augen und möchtest so gerne und kannst nicht und grämst dich zu Tode. Das ist die Planitza.

Mitten in diesem ehrwürdigen Urwald aus Farn, Wasser und Gräben lag der Balzplatz. Jede der Überhälterkiefern trug ihren Hahn. Das Verhören war denkbar einfach, ich durfte es schon mit zehn Jahren tun. Man setzte sich dann auf eine Leiter am Rande des Moores, wartete, bis es dämmerte und die Hähne sich polternd einschwangen und alsbald zur Nachtruhe übergingen. Dann schlich man sich fort zu Fahrrad, heimischem Herd und warmer Suppe.

So einfach aber das Beobachten aus der Ferne dreier Büchsenschußweiten war, so schwierig war es, bei morgendlicher Dunkelheit über fast offenes Gelände — soweit in dem verdammten Moor überhaupt von Gelände gesprochen werden kann — an die Hähne auf Schrotschußnähe heranzukommen.

Bis zu meinem 14. Lebensjahre durfte ich zwar in aller Herrgottsfrühe meinen Vater bis an den Rand der Planitza begleiten, das Anspringen des oder der Hähne besorgte er dann aber allein. Je älter ich wurde, mit um so mäßigerem Erfolge. Auf neun erfolglose Pirschen kam zum Schluß bestenfalls eine erfolgreiche. Der Grund hierfür war, Vater gestand es mir schließlich in schwacher Stunde, daß er seit Jahren schon den Triller der Hähne nicht mehr hören konnte und nur noch nach Gefühl und Erfahrung sprang. Leider wurde er aber vom Hauptschlag manchmal so überrascht, daß er zur verkehrten Zeit seinen Schritt vorwärts machte.

Da ich ein braves Kind war und den Gebrechen des Alters nicht mit Hohn begegnete, wie das heutzutage mitunter der Fall ist, wurde ich nach diesem Geständnis noch weiter in den Fall verwickelt. Nämlich dergestalt, daß Vater mir im nächsten Vorfrühling eine farnfarbene Joppe nähen ließ, ohne die ein Anspringen der Hähne völlig ausgeschlossen war. Beim Überreichen derselben bat er mich – ich weiß, daß es ihn viel Überwindung gekostet hat – ob ich nicht, ihn am Ärmel haltend, das Anspringen leiten könne. Eine größere Freude hätte er mir nicht machen können.

Bald darauf kam der April, der Schnee schmolz dahin, die Gräben in der Planitza waren randvoll Wasser und der Farn war niedergebrochen. Es war Zeit, die Hähne zu verhören. Am nördlichen Rand des Moores, etwas abgesetzt von den anderen Hähnen, balzte ein sehr alter Hahn in den Kronen zweier Kiefern, die der Sturm ineinander gebogen hatte. Stand er inmitten der beiden Kronen, war von ihm so gut wie nichts zu sehen. Überstellte er sich auf einen der abgestorbenen Hauptäste im oberen Drittel des einen Stammes, so war er völlig frei. Dreitägiges Beobachten erbrachte das Ergebnis, daß dieser Hahn nur in den allerletzten Minuten der Baumbalz diesen Ast aufsuchte, um dann alsbald zu Boden zu gehen. Es war also nötig, daß der Jäger sich zwar bei Dunkelheit den Bäumen nähern mußte, dann aber bis in den hellen Tag hinein als Lots Weib erstarrt mitten im Farn auszuharren hatte, bis es dem Herrn Auerhahn gefiel, aus der Krone auf den Ast zu steigen. Vorher war ein Schuß völlig aussichtslos und ausgeschlossen.

Vater aber hörte diesen Bericht gern, gab das Verhalten des Hahnes doch die Möglichkeit, ohne übergroße Vorsichtsmaßnahmen anzuspringen, wennschon die völlige Dunkelheit das Anspringen nicht gerade erleichterte. So weit, so gut. Am nächsten Morgen waren wir — es war noch nicht einmal drei Uhr in der Frühe — schon am Ort künftiger Taten, hockten uns am Rand des Moores auf einen der dicken Kiefernstubben und warteten auf den ersten Laut unseres Hahnes. So um die 250 Meter von uns entfernt stand sein Baum. Als die Sumpfohreule zu jagen begann, knappte und worgte auch der erste Hahn, dem bald ein zweiter folgte und dann auch der unsere. Er spielte sich ziemlich bald ein, eine Strophe folgte ungesäumt der anderen. Wir dehnten uns und streckten uns, pirschten die ersten 50 Meter — Vater in meiner Kiellinie — langsam voran. Ich hörte mich in die Abfolge des Gesanges ein und begann mit Vater an der Hand das Anspringen.

Den ersten tiefen Graben schafften wir anstandslos, ebenso auch die Farnwildnis zwischen den Gräben auf den vergleichsweisen Höhen von ein paar Zentimetern. Am zweiten Graben aber geschah das Mißgeschick. Ich war dran schuld, oder mein Vater war halt nur zu kurz gesprungen, jedenfalls tat es mitten im Schleifen des Hahnes einen gewaltigen Platsch, und Vater lag im Wasser. Bis an die Brust in eiskalter Brühe, Flintenlauf voller Moor! Beim nächsten Schleifen gab ich die nötige Hilfestellung, daß Vater sich wenigstens auf den Grabenrand setzen konnte, wo er hörbar mit den Zähnen klapperte, aber nun in völliger Deckung war. Das hatte sein Gutes insofern, als er einen Farnstengel brechen konnte, um den Flintenlauf notdürftig zu reinigen. Danach muß ihm wohl das heulende Elend überkommen sein über sein Unvermögen, einen Auerhahn auf vernünftige Weise anzuspringen – später nannte er es „jagdliche Inkontinenz" in übertreibender Selbstironie. Jedenfalls, Vater drückte mir die Flinte in die Hand, murmelte „schieß du den Hahn, ich verdrücke mich nach Hause". Sprach's, drehte sich um und sprang mit dem nächsten Schleifen auf und davon.

Sprachlos erst, dann voller Glück und Passion, schlängelte ich mich durch Wasser und Farn meinem Hahn entgegen, hinter dem schon verdächtig viel Morgenrot am Himmel zu sehen war. Bald würde er auf den Ast heraustreten und kurz darauf abreiten. So machte ich Riesenschritte mit jedem Gesetzel: eins, zwei, niederhocken… eins, zwei niederhocken… Ich kam auf Schrotschußweite heran und hatte diese gerade so eben erreicht, als auch der Hahn aus dem Gewirr der beiden Kronen heraustrat und frei vor dem nun schon blutroten Himmel stand.

Der Schuß war ein Kinderspiel, leichter als auf jede Zielscheibe. In das übergroße Glück mischte sich schon bald – damals schon – ein wenig Betroffenheit und Scheu, einen so schönen, so großen, so heimlichen Vogel einfach, ganz mir nichts dir nichts, vom Aste herunter geschossen zu haben wie einen Spatzen.

So blieb dieser eine Hahn mein einziger über alle die vielen Jahre hin, wenn ich auch Dutzende und Aberdutzende allein oder mit Jagdgästen angesprungen habe — aber nie war es so wie beim ersten Mal.

Neulich saß ich wieder am Rand der Planitza zwischen Altholz und Kieferndickung. Als es fast dunkel war, sah ich auf dem grasbewachsenen Wege vor mir einen Hahn angeschritten kommen. Hin und wieder äste er sich an den Preiselbeeren, dann verhielt er lange Zeit regungslos, duckte sich ein wenig und ging mit riesigem Gepolter zur Ruhe. In sechs langen Jahren der einzige Hahn, den ich dort sah, und es wird wohl der letzte gewesen sein. Was haben wir Menschen falsch gemacht? Und was werden wir noch alles falsch machen?

Mein Sohn wird nie das heimliche Lied des Urhahns hören, was wird meinem Enkel bleiben?

Feldküchenhasen

Wie Sie aus so manchen meiner Äußerungen aus den vorangegangenen Erzählungen entnommen haben, bin ich ungewöhnlich verfressen, koche deshalb leidenschaftlich gern und esse sogar das, was ich gekocht habe. Dazu sei noch für lesende Jägerinnen und Hausfrauen bemerkt, daß ich (meistens) nach dem Kochen auch abwasche und nur sehr selten in der Küche die Pontinischen Sümpfe hinterlasse.

Gekommen ist das so: Ich war damals ein fast noch bartloser Fahnenjunker und zur sogenannten Frontbewährung in Rußland. Genauer gesagt, in der Ukraine in der Nähe von Poltawa. Wie es sich so ergab, wurde mein Regiment nach schweren Kämpfen ein wenig zurück verlegt, damit wir neue Panzerwagen bekämen und auf denen üben konnten. Mein Kommandeur und Fähnrichsvater hatte bei einer Überlandfahrt festgestellt, daß es in der Gegend viele Hasen gab und sich gleichzeitig daran erinnert, daß ich bei einem in dieser Ruhestellung durchgeführten Karabinerschießen überdurchschnittlich gut abgeschnitten hatte. Der Kommandeur war selbst kein Jäger, noch schoß er gut, aber er hatte Wildbret für sein Leben gern auf dem Tisch.

Ich bekam also den ehrenwerten Auftrag, mit einem Kübelwagen nebst Fahrer, bewaffnet mit einem Karabiner und Vollmantelgeschossen, einige Hasen zu schießen, „...und zwar sofort und gleich", denn an der Front konnte man nie wissen, wie lange die vergleichsweise paradiesische Ruhe anhalten mochte.

So fuhr ich kreuz und quer über die eben abgeernteten
Sonnenblumenfelder und scheuchte mit Hupe und Mo-
torgedröhne die Hasen auf. Da diese aber meist völlig
kopflos spitz von mir weg flüchteten und es viel zu lange
dauerte, bis der Wagen zum Stehen kam, war über Stunden hin der Erfolg meiner Jagd gleich Null. Mein Fahrer
kam dann auf die glänzende Idee, anstelle der normalen
Hupe ein Mehrtonhorn – Polizeiton – einzubauen und
dieses Marterinstrument erst dann zu benutzen, wenn der
Hase aus der Sasse gesprungen war. Der Erfolg war ver-
blüffend: Alle so angedröhnten Hasen machten nach einigen Fluchten erschreckt einen Kegel, das Auto konnte

anhalten, ich konnte aufspringen und eine Auflage auf der Windschutzscheibe finden.

In kürzester Zeit hatten wir die zwei bestellten Hasen beisammen. Der Kommandeur war hocherfreut, brachte mich aber zur völligen Verzweiflung, denn er verlangte allen Ernstes, daß ich die Tiere auch braten sollte. Und zwar am gleichen Abend für einen bereits eingeladenen Kreis von Kompaniechefs!

Vom Küchenmenschen der Kompanie bekam ich keinerlei Unterstützung. Erstens hatte er was gegen Fahnenjunker und zweitens wußte er selbst nicht, wie man Hasen zubereitet. Letzteres war wohl ausschlaggebend für seine mürrische Weigerung zur Hilfestellung.

Ich zog also den Unglückstieren den Balg über die Ohren, zerlegte sie so gut ich konnte, machte mit Hilfe einiger Lötlampen eine Höllenhitze unter irgendwelchen Gefäßen, in die ich reichlich Schweinefett getan hatte, und versuchte mich an dem ersten der beiden Hasen. Aus irgend einem mir nicht mehr erinnerlichen Grunde hatte ich den Braten aber fürchterlich versalzen. In meiner Einfalt glaubte ich, daß Zucker das Salz neutralisieren würde, zuckerte also den Fond ganz stark, was — nun weiß ich warum — einen Höllengeschmack ergab. Der Hase war absolut ungenießbar!

Vor Angst schwitzend — möglicherweise hing meine Beförderung zum Unteroffizier ja davon ab — bat ich meinen Freund Hoyos, ganz schnell noch einen Hasen zu besorgen. Das gelang auch, so daß ich den Mißratenen wegschmeißen konnte. Hase Nummer zwei gelang dann ganz leidlich, Hase Nummer drei sogar nach allgemeiner Auffassung der Gäste vorzüglich, wahrscheinlich war es ein junger.

Das Ergebnis dieser Bratorgie war für mich nicht nur ein nachhaltiges seelisches Aufatmen, sondern vor allem eine dauerhafte Liebe zur Küche und zum Ausprobieren aller Möglichkeiten, die Wild im Kochtopf bietet.

Was man so aus Hasen machen kann – Rezepte

Da wir nun einmal beim Hasen sind, will ich Ihnen oder Ihren Ehefrauen nachfolgend eine Reihe von Hasenrezepten liefern, die ich alle ausprobiert oder selbst erfunden habe. Als würdiger Abschluß eines Erzählbuches der Jagd scheinen mir Empfehlungen über die Verwertung des erlegten Wildes durchaus angemessen.

Fangen wir mit dem Einfachen an und hören mit dem Raffinierten auf.

Hasenmarinade
1 Flasche trockener Rotwein
6 Eßlöffel Olivenöl
1 kleine geschnittene Zwiebel
5 Wacholderbeeren
1 gequetschte Knoblauchzehe
etwas Thymian
schwarzer Pfeffer

Bei einem garantiert alten Hasen empfiehlt es sich, dem Rotwein 1 - 2 Gläser Cognac zuzusetzen.

Gebratener Hase
Scharfer Senf
Salz
schwarzer Pfeffer
3 - 4 Eßlöffel Butter, je mehr je besser
Für die Sauce:
2 Eigelb

3 Eßlöffel Crème fraîche
1 Spritzer Worchestersauce
2 Eßlöffel Portwein

Die ausgelösten Teile des Hasen werden mit Senf einge-
rieben und in der heißen geschmolzenen Butter gewen-
det. Die Bratzeit im Ofen bei 180 Grad dauert rund 1 ½
Stunden, der Rücken etwa 1 Stunde. Mindestens alle
zehn Minuten wird der Hase mit der Butter beschöpft.

Ist der Hase fertig gebraten, wird der Jus mit den für die
Soße angegebenen Teilen gelöst, der Portwein erst unmittelbar vor dem Anrichten eingerührt.

Hasenrücken

Marinade wie oben
Crème fraîche
Schweineschmalz
Butter
Senf

Die ausgelösten Rücken werden für 12 - 18 Stunden in
der Marinade gehalten, dann gebuttert und mit dem
Schmalz bestrichen und zusammen mit der Marinade bei
nicht mehr als 180 Grad gebraten. Die stark eingedickte
Sauce wird mit verbliebenem Rotwein gelöst.

Man kann die Rücken auch längs zu rouladenähnlichen
Fladen schneiden und um ein Stück Speck wickeln, auf-
spießen, marinieren und dann wie vorhin braten.

Hasenpfeffer

Speziell für einen alten Hasen!
50 g Butter
200 g kleine weiße Zwiebeln
200 g Speck
Thymian
Petersilie
250 ml Rindsbrühe
70 ml Portwein
1 Eßlöffel Gelee von Roter Johannisbeere
Saft einer halben Zitrone.

Die Stücke des Hasens werden zusammen mit den Zwiebeln und dem Speck in Butter gebräunt. Alsdann wird die Rindsbrühe mit dem Thymian und der Petersilie zugegeben. Das ganze wird in eine gedeckte feuerfeste Schüssel getan und bei milder Hitze von nicht über 160 Grad zwei Stunden lang sanft gekocht. Vor dem Anrichten wird der Portwein, das Gelee und der Zitronensaft zugegeben.

Civet de Lièvre

1 Eßlöffel roter Essig
1 große Zwiebel oder 10 kleine weiße Zwiebeln
2 Karotten
Salz und Pfeffer
1 großes Bündel Petersilie
1 Flasche Rotwein
100 g Speck
200 g Butter
25 g Butter

Der Speck wird gewürfelt und in 25 g Butter in einer Kasserolle gebräunt. Der Hase wird in einer anderen Kasserolle mit den 200 g Butter angebraten, dann in die erste Kasserolle umgebettet. Die Mixtur von Wein, Essig, Karotten und Grünzeug wird hinzugetan und alles im geschlossenen Topf für etwa zwei bis drei Stunden bei geringer Hitze gedämpft.

Hase in Bier

¾ Liter Bier
1 Zehe gequetschter Knoblauch
400 g fein geschnittene Zwiebeln
50 g Butterschmalz
250 g Rindsbrühe
1 Teelöffel Weinessig

Die Hasenteile werden in dem Butterschmalz angebraten, dann wird die gemixte Marinade von Bier, Knoblauch, Zwiebel, Rindsbrühe und Essig zugegeben. Der Bräter wird zugedeckt, das ganze bei 180 Grad für etwa zwei Stunden im Rohr gekocht.

250

Hase in Zwiebeln
3 Eßlöffel Butter
3 - 5 große Zwiebeln
250 g Crème fraîche

Der geteilte Hase wird in der Butter angebraten, dann mit den Zwiebeln bedeckt, nach ½ Stunde wird die Crème fraîche dazugegeben, der Topf geschlossen und das ganze für rund eine Stunde gekocht.

Ich wünsche guten Anlauf und guten Appetit!

NEUMANN - NEUDAMM
Verlag für Jagd und Natur

Kalender
Jagd & Hund

Format 29,7 x 42 cm (DIN A3), 27 Seiten, 5/5farbiger Druck, 14tägiges Jagdka-
lendarium, Mond- und Sonnenlauf, Ring-Wire-Bindung am Kopf, Aufhänge-
bügel, Texte zum Jagdjahr und Bilder aus der Jagdpraxis von namhaften Text-
und Bildautoren. – Erscheint jeweils im September/Oktober.

SEIT 1872

Kesselberg 25
34212 Melsungen
Telefon (0 56 61) 5 22 22
Telefax (0 56 61) 6 00 8

NEUMANN - NEUDAMM

Verlag für Jagd und Natur

Jubiläumsreihe
Jagdliche Klassiker

Im Jahr 1997 besteht der Verlag Neumann-Neudamm 125 Jahre. Mit diesem Jubiläum eröffnet der Verlag eine Buchreihe mit ausgesuchten Jagdklassikern. Die ersten beiden Bände erscheinen zum Gründungsdatum am 14. Oktober. Die Reihe wird in den kommenden Jahren mit jeweils vier bis sechs Bänden fortgesetzt. Lassen Sie sich überraschen!

OTTO SCHULZ
Im Banne des Nordlichts
Mit dem Leithund auf Elch und Bär

Format 17 x 24 cm, ca. 430 Seiten, 167 Abbildungen, fest gebunden,
Einführungspreis ca. DM 58,– bis 31.12.1997; danach ca. DM 78,–

Vierzig Jahre auf Elch und Bär, vierzig Jahre eins mit der Natur: ein gesegnetes Jägerleben! Gesegnet für den Autor, der eine Großwildstrecke erzielen durfte wie selten ein Jäger, doch auch gesegnet für jeden Leser, den die herrlichen Schilderungen dieses intensiven Jägerlebens in den norwegischen Jagdgründen unweigerlich in ihren Bann ziehen.

ANDREA CAMMINECI
Vom Achtzehnender zum Slatorog

Format 17 x 24 cm, ca. 350 Seiten, 59 Abbildungen, fest gebunden,
Einführungspreis ca. DM 58,– bis 31.12.1997; danach ca. DM 78,–

Waidwerk aus besseren Zeiten!
In den Höhen der Karpaten, den Klüften des Tiroler Hochgebirges, den schönsten deutschen Bergwäldern und den urwüchsigen pommerschen Forsten hat der Verfasser seltene Jagderfolge erzielt, die er uns in packenden Erzählungen aus dem Erleben dreier Jahre vor Augen führt.

Was diesen Jagderinnerungen eines erfahrenen Waidmannes besonderen Reiz verleiht, ist die eigenartige Mischung von Humor und leidenschaftlicher Schilderung dramatischer Jagd.

Kesselberg 25
34212 Melsungen
Telefon (0 56 61) 5 22 22
Telefax (0 56 61) 6 00 8